D1676925

CPSIA information can be obtained
at www.ICGtesting.com
Printed in the USA
LVHW081539150421
684525LV00016B/923

9 789948 452324

الإهداء

إلى عائلتي الصغيرة: فيصل - فهد - ريان

نـوف عزيـز

جوجـــام

AUSTIN MACAULEY PUBLISHERS™
LONDON * CAMBRIDGE * NEW YORK * SHARJAH

حقوق النشر © نوف عزيز (2021)

تمتلك نوف عزيز الحق كمؤلفة لهذا العمل، وفقًا للقانون الاتحادي رقم (7) لدولة الإمارات العربية المتحدة، لسنة 2002 م، في شأن حقوق المؤلف والحقوق المجاورة.

جميع الحقوق محفوظة

لا يحق إعادة إنتاج أي جزء من هذا الكتاب، أو تخزينه، أو نقله، أو نسخه بأي وسيلة ممكنة؛ سواء كانت إلكترونية، أو ميكانيكية، أو نسخة تصويرية، أو تسجيلية، أو غير ذلك دون الحصول على إذن مسبق من الناشرين.

أي شخص يرتكب أي فعل غير مصرح به في سياق المذكور أعلاه، قد يكون عرضة للمقاضاة القانونية والمطالبات المدنية بالتعويض عن الأضرار.

الرقم الدولي الموحد للكتاب 9789948452324 (غلاف ورقي)
الرقم الدولي الموحد للكتاب 9789948452331 (كتاب إلكتروني)

رقم الطلب: MC-10-01-8775097
التصنيف العمري: +17

تم تصنيف وتحديد الفئة العمرية التي تلائم محتوى الكتب وفقًا لنظام التصنيف العمري الصادر عن المجلس الوطني للإعلام.

الطبعة الأولى (2021)
أوستن ماكولي للنشر م. م. ح
مدينة الشارقة للنشر
صندوق بريد [519201]
الشارقة، الإمارات العربية المتحدة

www.austinmacauley.ae
+971 655 95 202

شكر وتقدير

إلى كل كُتَّاب العــالم.

الفهرس

بوصلة الجنوب	11
قبيلة الكاياك	16
معمل وادي الجبلين	19
منطقة الشجيرات	22
خطيئة في الغيب	31
عاصفة بيضاء	35
غنائم الظلام	40
حلم أسود	43
بوابة الجحيم	46
خطوط متعرجة	52
هزائم الجليد	58
يوم السلاح	63
عجز	67
تقارب النقاط	76
النزل	80
ليلة الدم	87
لسنا كذلك	98
جوجام	102

109	ضدَّان
117	ثلاثة
123	خرائط مبهمة
130	العملاق
136	في العمق
148	الذناب البيضاء
156	تحوُّل
167	بطولة مختلفة
178	انشقاق
184	تضحية
188	آخر خيط
195	الخلفاء القدامى
202	شائك
206	المسار الأول

بوصلة الجنوب

صوت كلاب تعوي وتجري وهي تجرُّ خلفها المزلاج لتخترق الثلوج، وكأنها ترسم مسارًا جديدًا لا يمكن لأحد اللحاق به، فهو سيندثر خلال لحظات نتيجة للعواصف الثلجية المستمرة التي تضرب المنطقة.

توقَّفَتِ الكلاب عن الحركة، وترجَّل رجل متوسط البنية، يميل إلى البياض المتحول للحمرة مِن شدة البرد، فدرجة الحرارة في هذه المناطق 30 تحت الصفر.

كان يفرك يديه بقوة، وينظر إلى رفيقه الذي شاح بالنظر إلى أرجاء البياض المهيمن على الصورة:

- أتوقع أننا وصلنا يا ستيف، فرغم أن البوصلة تشير إلى الجنوب دائمًا بسبب الجاذبية إلا إنني أشعر بأننا في أقصى الشمال، فأنا أرى الجبال التي نبحث عنها، فلننزل أمتعتنا، ونبيت الليلة هنا، فغدًا تبدأ الستة أشهر المظلمة.

أنزل ستيف الأمتعة بصحبة رفيقه أرجم الذي كان يتمتع بقوة جسمانية عالية، وحماسة متقدة للبحث والمغامرة.

أرجم وهو ينظر خلفه:

- هيَّا يا عليم، فلتساعدني في نقل وتثبيت هذه الخيمة، فالرياح تشتدُّ، ولا أريد أن ننام فوق هذا الجليد.

عليم وهو يرفع نظارته التي امتلأتْ بذرَّات ثلج مِن الهواء، ويُخرِج قطعة قماش، ويقوم بمسحها:

- حسنًا يا أرجم، ولكن هل تعتقد أننا في المكان الصحيح؟ أين الغابة؟ أنا لا أرى سِوَى أرض ممتدَّة، وجبالٍ تلوح في الأفق.

يبادله أرجم النظرات، ثم يتوجَّهان بالنظر إلى إنويت الذي كان مِن قبائل تدعى بالإنويت، تقطن في الجزء الشمالي مِن القطب المتجمد، يحمل ملامحهم.. الأعين الرفيعة، والوجه الدائري، والشعر الداكن الأسود الطويل، والوجه الخالي مِن أيّ شعرة، وهو شارد الذهن إلى الجبال بصوت في داخله:

- هل ما أراه حقيقيًّا؟ تبدو الجبال في أرض الواقع أكبر مما تخيلتُ!

قال ذلك دون أن يردَّ على سؤالهما.

عليم يهز رأسه متعجبًا، ويجذب طرف الخيمة:

- هيَّا يا أرجم، أمسِكْ بالطرف الآخر.

نصبتِ المجموعة الخيام، وأضرموا النار؛ كي تقيهم لهيب هذا البرد الذي كان أشبه بلسعات النار على الوجوه مِن شدته.

جلسوا يتحدثون عن الوجهة القادمة، فقال أرجم:

- أرى أن نتفحص المكان مرة تلو الأخرى؛ حتى نعرف إذا كان هناك جحورًا للدببة؛ كي نتفاداها، فقد سمعتُ أنها شرسة، وتعرف كيف تصطاد فرائسها، ثم نتقدَّم إلى الأمام بشكل بطيء.

عليم وهو يفتح كتابًا يحمله:

- أوافقك الرأي، فنحن نجهل المكان، فلا هناك خارطة ترشدنا سِوَى بوصلة تشير دائمًا نحو الجنوب.

ستيف وهو يلتفت نحو اليمين:

- ماذا عنك يا أربيك؟ لمْ نسمع لك صوتًا منذُ حطَّتْ أقدامنا هذا المكان! أليس لديك رأي في هذه الرحلة؟!

أربيك وهو يحتضن نفسه، فلقد كان ضعيف البنية، طويلًا، حنطيَّ البشرة، وذا شعر أجعد يميل إلى الحمرة، قائلًا وهو ينظر إلى النار أمامه:

- ماذا تريد منّي أن أقول؟ فعقلي مشلول تمامًا، لا أستطيع أن أفكر والجوع يعصف بي والبرد يقتات مِن جسدي، فلنفكر ماذا نأكل، ثم نأخذ المشورة الجيدة مِن الجميع.

إنويت مقاطعًا لحديثهما:

- هل تريدان السمك؟ أم بعض المعلبات؟

أربيك بصوت مرتجف:

- السمك.. آه.. يبدو أننا سنأكل حتى نفقد الإحساس بطعمه، دائمًا ما كنتُ أبحث عن الأكل قبل المكان، وهنا الخيارات محدودة جدًّا، ولكن شيء أدفئ به جوفي وفقط.

أخذ أرجم الأسماك، ووضعها في أسياخ بعد أن قام بتنظيفها، وقام بوضعها على النار.

صوت بوق قريب يصدح في الأجواء.. الكل يلتفت بسرعة وفزع نحو مكان الصوت المفاجئ.

عليم:

- ما هذا الصوت؟

إنويت وهو ينظر نحو اتجاه الصوت:

- إنه صفير بوق.

أربيك في صوت مرتبك بعض الشيء:

- ولماذا يطلِق هذا الصوت؟

إنويت:

- لاشيء،، مجرد تحذير بوجود دببة بالقرب.

ستيف وهو ينظر إلى وجه إنويت الذي خالطه بعض الشك:

- ولماذا تبدو متفاجئًا؟

إنويت:

- لم أعتقد أن هناك قبائل تسكن في مثل هذه الأماكن!

أرجم:

- وما بال هذا المكان؟ أليس كباقي هذا القطب؟

إنويت:

- لا.. فهذا الجزء يكتنفه الغموض؛ ولذلك نحن نريد أن نكتشف بعضًا مِن غموضه.

أربيك وهو ينظر للسمك الذي أوشك على الاحتراق:

- أرجم.. السمك يحترق، لا تفسد علينا العَشاء بكثرة الأسئلة، فلنأكل.. أكاد أفقد وعيي مِن شدة الجوع.

أرجم وهو يسحب الأسماك بسرعة، وينظر لأربيك بنظرة سخرية:

- أتساءل أين يذهب كل ما تأكله؟! فلا أرى أمامي سِوَى نصف عصًا تثرثر كثيرًا!

أربيك بنظرة غضب:

- اخرس.. وناولني هذه.

ضحك الجميع، وبدؤوا في تناول العَشاء، ثم ذهبوا إلى النوم، وكان كلٌّ منهم يتشارك في خيمة ماعدا إنويت الذي كانت له خيمته الخاصة.

فتح إنويت أوراقًا كانت بحوزته، وبدأ يحدِّث نفسه: هل هذا هو مكان تواجد قبيلة أمي يا أبي؟ هل ستعرف مَن أكون بمجرد أن ألتقيها يا ترى؟ أشعر بشعور متضادٍّ حيال قدومي أنا ورفاقي، وإيهامهم بأننا هنا للاستكشاف فقط كما اعتدنا في مغامراتنا السابقة لا للبحث عن حقيقتي التي لطالما حاولتُ جاهدًا تجاهلها، ولكني

لم أعد أستطيع المضيَّ قُدُمًا بعد أن عرفتُ بأن أمي تعيش هنا في هذا المكان بالتحديد، ربما تبعد عني بضع خطوات.

وبعد ساعات مِن التفكير المستمر غطَّ في سباتٍ عميق.

قبيلة الكاياك

في اجتماع لأربعة رجال يترأسهم شيخ كبير، يتحاورون في بيت ثلجي قد بُنِيَ للتوِّ.

الشيخ الكبير:

- قلتُ لك يا كيجا إننا مضطرون للاقتراب مِن هذا الجزء أقصى الشمال؛ لكي نصطاد الدببة ذات الفراء النادر، فهي تكثر هنا.

كيجا وهو يحاول تهدئة نفسه:

- لكن هذه تُعتبَر مجازفة بأرواح نسائنا وأطفالنا، فنحن نعلم أن هذا المكان تكثر حوله الأساطير، ناهيك عن الدببة. يقاطعهما رجل في نهاية العقد الثالث، طويل، ذو ملامح حادَّة، جزء مِن شعره مربوط، وما تبقَّى منه منسدل على ظهره وناعم جدًّا، يبدو عليه الهدوء في ملامحه التي اتَّسمتْ بالجدية:

- كيجا.. كعادتك تجرفك العاطفة دون أن تفكر، إننا هنا مِن أجلهم، فلو أبقينا العواطف تتملكنا لماتوا مِن شدة البرد أو الجوع، لا خيار أمامنا.

يتنهَّد كيجا، وقد بدا على ملامحه القبول، ويومئ برأسه لأرما، فيكمل حديثه الشيخ الكبير، وقد نهض مِن مكانه نحو بندقية معلَّقة على حائط خشبي:

- لن نستطع الحصول على مزيد مِن البنادق مِن أجل الصيد لو لم نجلب الفراء للتجار الأوروبيين في الوقت المحدد، فموعد وصولهم سيكون خلال أسبوع مِن الآن.

خرج كيجا مِن البيت الجليدي لخيمة مصنوعة مِن جلد الحيوانات وأمامها نار عليها قدر مِن الماء يغلي، واتَّجه نحو فوهة الخيمة، ثم استوقفه صوت زوجته مالا:

- يبدو أنك أنهيتَ الحديث مع رجال القبيلة، لقد خرجتُ كي أجلب بعض الأعشاب المحيطة بمنطقة الشجيرات.

كيجا وعيناه تشتاط غضبًا:

- لماذا لم تنتظري عودتي؟ المكان خطرٌ جدًّا، ولا أريد أن يحدث لك مكروه يدبُّ الرعب في باقي أفراد القبيلة.

مالا وهي تشيح بنظرها عنه:

- ابني يعاني مِن الحمى، وإن تركتُ الأمر يزداد سوءًا فسنخسره حتمًا، ثم إني لم أذهب دون استشارة العمة خيتا، وها هي تقوم على رعاية قافيك.

يدخل الاثنان على العمة التي كانت تمسح رأس الطفل، وتتمتم بكلام غير مفهوم.

انحنى كيجا، وقبَّل رأس العمة خيتا، فهي ذات شأن كبير في القبيلة، وبمثابه الأم المبجلة صاحبة الرؤيا والتكهنات التي نادرًا ما تخطئ:

هل تحسَّنَ قافيك؟ إنه على هذه الحال منذ يومين.

خيتا وهي تومئ برأسها:

- سوف يكون كذلك خلال لحظات.. مالا.. هل أتيتِ بالعشبة التي وصفتُها لكِ؟

مالا وهي تمدُّ يدها نحو كيس مِن الجلد:

- نعم يا عمة، كما وصفتِها لي تمامًا، ولكني وجدتُّها بصعوبة بسبب تغطية الجليد لمعظم النباتات.

تأخذ العمة خيتا العشبة، وتقوم بطحنها بباطن الكف، ثم تنهض لخارج الخيمة نحو القدر الذي يحوي الماء المغلي، ثم تلقيه وتقول بصوت مرتفع:

- دعيه حتى يصفرَّ لون الماء، ثم اسقِه للصغير لمدة يومين، وستذهب الحمى، أنا ذاهبة الآن.

في خيمة مجاورة فتاة في السابعة عشرة مِن عمرها تتحدث إلى والدتها بتأفف:

- لا أريد أن أكون كباقي الفتيات يا أمي، أبي أخبرني أنه سوف يقوم بتعليمي صيد الحيتان لجنْي الكثير مِن المال، وسأذهب معه في رحلته القادمة إلى المحيط.

ترد الأم بلا مبالاة:

- لن تقدري على تحمُّل البرد هنا، فكيف لو وقعتِ في الماء؟ إن صيد الحيتان يحتاج جسدًا قويًّا يا بنيتي، دعي تلك الأعمال للرجال، وساعديني في حياكة هذه الخيمة، فإني أوشكتُ على انتهائها.

تخرج البنت مِن الخيمة بدون أن ترد على كلام أمها وهي تزفر غاضبة.

صوت ضحكة مِن بعيد:

أرما:

- ما بكِ يا ساجو غاضبة! هل مللتِ مِن الحديث إلى أمك؟ ساجو وهي تحتضن أباها:

- أهلًا بكَ يا أبي، نعم قليلًا، متى ستبدأ الرحلة؟ هل هي غدًا؟

أرما:

- لا.. سوف نؤجل صيد الحيتان؛ فنحن هنا للظفر بالدببة، ربما لاحقًا، لا تكوني عجولة.

معمل وادي الجبلين

عالِم يقوم بإعداد آلات الردم، ويلتفت نحو الرجل الذي يحرِك شاربيه شارد الذهن في شاشات الرادار:

- أيها القائد، هل أمر العمال ببدْءِ مرحلة الردم؟ إن الرادار يوضح أن المنطقة آمنة للردم، وهي أقرب نقطة لمنتصف الجبلين.

القائد وهو يحرِّك شاربيه، ويومِئ برأسه بلا:

- ألا تسمع الأصوات؟ أم أنك أصمٌّ؟

الرجل:

- أي صوتٍ أيها القائد؟ أنا لا أسمع شيئًا.

أمسك القائد بكتف الرجل، وأحكم قبضته عليه بقوة:

- صوت صرير هذا يعني أن هناك عاصفة ثلجية قادمة إلينا، وربما ردمت فوهة المعمل، واستغرق منَّا الأمر أيامًا للخروج؛ لذلك دعِ العمَّال يتوقفون عن العمل، ولنباشر بعد أن نتأكد مِن حالة الطقس.

وبعد يومين استيقظ جميع مَن كانوا في المعمل الذي في عمق نقطة وادي الجبلين على صوت صياح بشر، ودبَّ في قلوبهم الرعب، فهذا المكان يخلو مِن البشر تقريبًا، ولو كانوا بالقرب مِن السطح فلن يكون الصوت بهذا الوضوح، ولن تكون أعداد الأصوات بهذه الكمية.

تحدَّث الرجل إلى البقية:

- أين القائد؟ لم أجده في فراشه! هيًّا فلنذهب، ربما يكون سبقنا إلى مصدر الصوت.

أخذوا يتحركون بحذر نحو مصدر الصوت الذي كان يعلو ثم يصمت فجأة، ثم يتحول إلى نحيب، ثم إلى صمت.

الرجل:

- إنه في غرفة الآلات، الصوت قادم مِن هناك.

دخلوا في جماعة، وإذا بالقائد واقف يحدِّق في جهة الحائط المراد هدمه، وقد تمَّ ذلك وسط ذهول المجموعة مِن حدوثه دون تدخُّل منهم وفي وقت سريع؛ إذ إنهم توقَّفوا عن العمل منذ يومين.

تقدَّم الرجل بخطوات سبق بها الجميع نحو الجدار المتهدم والفوَّهة الكبيرة التي خلفه، وكأنما هناك مَن كان يحفر الجدار مِن الجهة المقابلة، ودخل بقدمه مِن الفوهة متجاهلًا القائد الذي يقف دون حراك.

أصاب الرجل الذهول مِن المكان الذي رآه، كهوف واسعة، وممرَّات كثيرة، وبقايا عظام متناثرة هنا وهناك، وبقعة ماء تتوسط المكان، ونار مشتعلة بالقرب مِن الماء.

صوت صراخ رجل يدوي المكان، عاد الرجل بسرعة نحو غرفة المعدات؛ لتتسع حدقة عينه مِن منظر القائد الذي كان منحوت البطن بالكامل، وكأن أحدًا اقتلع أحشاءَه بدقة، وعيناه مفقأتان.

تقدَّم الرجل وقد تملَّكه الخوف نحو قائده، وأمر المجموعة بمحاولة إنزاله إلى الأرض.

بعد عدة محاولات نجحوا في ثنيه عن الوقوف، وتغطيته بقطعة من القماش.

أحد العمال للرجل:

- أيها العالم دكلان، ماذا ترى حدث للقائد؟ هل هاجمه دب؟

دكلان وهو يلتفت في حيرة مِن السؤال:

- وهل تسكن هنا الدببة في هذا العمق مِن الأرض؟ لقد شُلَّ تفكيرك ليس إلا، فلنحاول إخراجه إلى السطح ومحاولة فهْم ما جرى.

هنا صوت خفيف يأتيهم مِن الفوهة، والكل يلتفت بريبة وترقُّب.

منطقة الشجيرات

إنويت يصيح بالمجموعة:

- هيَّا لنتحرك بسرعة قبل أن تشتد العاصفة، ويصعب علينا الاستكشاف.

عليم:

- بدأتُ أشكُّ في مسألة الاستكشاف هذه، فأنا لا أرى سِوَى بياضٍ يلتفُّ حولنا، ولا شيء مميَّز غير ذلك.

أرجم وهو يضرب بيده على كتف عليم:

- هل بدأتَ تسأم بهذه السرعة؟ نحن هنا منذ أيام! لديك الكثير لتفعله هنا، صدِّقْني.. النجاة مِن الموت إحداها.

يمسك عليم بيد أرجم:

- أَبْعِدْ تلك الصخرة عن كتفي أولًا، ثم إنك لا تعرف عن البحث شيئًا سِوَى حمْل الخيام والأخشاب.

إنويت وهو يلتفت إليهما في حدَّة:

- كُفَّا عن الجدال دون فائدة، ولنتحرك نحو هذا الاتجاه بالتحديد.

ستيف:

- كل شيء في العربة، والكلاب جاهزة، هل أنتم مستعدُّون؟

أربيك لإنويت:

- هل نطفئ النار؟ أم نتركها هكذا؟

إنويت:

- كلا، دعها، ستنطفئ دون عناء.

يتحرك الجميع نحو العربات، وينطلقون، وبعد مسيرة ساعة كاملة يتوقفون في منطقة الشجيرات.

عليم:

- هل هذا هو المكان؟

إنويت:

- نعم، سنتفقَّده قبل أن نتجه نحو الكهوف، لقد سمعتُ أن به أنواعًا مِن الأعشاب ذات فائدة.

عليم:

- حسنًا، سأبحث أنا. أربيك.. فلتساعدني في تفقُّد تلك الأعشاب.

أرجم وهو يلتفت نحو صوت أحد الكلاب الذي بدأ في النحيب:

- يبدو أنه تعرَّض لجرحٍ في أسفل قدمه، لن يستطيع التحرك أكثر.

إنويت:

- حقًّا سننتظر عودة عليم؛ لكي يتفقد جرحه، فقط ارفع عنه الحبال وراقبه.

صوت أربيك وهو يصرخ مناديًا إياهم:

إنويت وأرجم مسرِعَيْن نحوه:

إنويت:

- ما الذي دهاك؟ لماذا تصرخ؟

أربيك وهو يشير بيده نحو الأرض:

- هناك رأس بشرية بدون أعين تحت الثلوج.

أرجم يُبْعِدُ الثلج حتى اتَّضح لهم الجسد جليًّا.. صمت الجميع في دهشة مِن المنظر، قطع ذلك الصمت صوت عليم:

- يا إلهي، إنه رجل بلا أعين ولا أحشاء.

أخذ الجميع في تفقُّد المكان، ووجدوا جثثًا مترامية هنا وهناك لها نفس الشكل.

إنويت:

- هل قبائل الهنود وصلتْ إلى هنا؟ ولكن لماذا تركوا الأجساد بلا أعين؟ ما لمغزًى مِن ذلك!

أرجم:

- لا أعلم، ولكن نحن محاطون بالخطر؛ إذ إنهم لا يزالون في الجوار.

أربيك:

- وكيف عرفتَ ذلك أيها المحنَّك؟

عليم:

- لمْ تتحلَّل الأجساد، وهذا يعني أنها حديثة الوفاة، ربما مِن يوم أو يومين.

إنويت:

- لدينا شيءٌ هناك.

يتحرك إنويت نحوه، ويحاول إبعاد الثلوج بيديه، قائلًا: إنها صناديق أخشاب، ساعدوني في فتحها.

يتقدم أرجم نحوه، ويرفعان الغطاء عن أحد الصناديق:

إنويت:

- أخشاب.. جيد.. سوف نستخدمها في التدفئة.

ويُدخِل يده لتحريك جزءٍ منها للأعلى فيلامس يده شيء صُلب: هناك شيء ما تحت.. في الأسفل.

يُخرِج الأخشاب ويرفعها. أرجم بصوت مرتبك:

- بنادق! لماذا هي هنا؟

عليم:

- ربما كانت لهؤلاء، ولكنَّ هناك شيئًا غريبًا، لماذا لم يستولِ عليها الذي قام بقتلهم؟!

أربيك:

- ربما غطَّاها الجليد، فلم يستطع رؤيتها.

صوت خطوات سريعة تتجه نحوهم:

يشير إنويت للبقية بدخول الصناديق، وتغطية أنفسهم، ويدخل هو ممسكًا بندقية يترقب مَن القادم، وفي ظنه أنهم قبيله تقتل لأجل التجارة

صمت الجميع بأعين أكثر حذرًا وترقُّب.. ظهرتِ المخلوقات في أعداد كبيرة، وكأنها تبحث عن شيء.. شعرتْ بوجوده، إنها تلتفت بسرعة هائلة نحو اليمين، وتارة نحو اليسار، وتقفز عاليًا، ثم تهبط بقوة على الأرض.

دبَّ الرعب في قلوبهم مِن بشاعة تلك المخلوقات الغربية بأشكال بشرية ممسوخة تمامًا، وأنياب أضخم مِن أن تكون لحيوان برِّي.

اقتربتِ المخلوقات نحو الصناديق في حركة عشوائية، وقفزتْ فوق أحدها ليتناثر إلى أجزاء.

اعتقد الجميع أنهم هالكون لا محالة حتى بوجود الأسلحة، فالكائنات تتنقل بسرعة مِن مكان إلى آخر.

صوت بوق قوي يصدح في الأفق، فتلتفت تلك المخلوقات في سرعة البرق نحو الصوت، وتختفي في لحظات.

تحصَّن الخمسة في صناديقهم لفترة مِن شدة الخوف..

استجمع إنويت شجاعته ورفع الغطاء ليخرج، ثم تبعه البقية.

أربيك:

- أرجوكم، لِنَعُدْ أدراجنا، ونَعُدْ إلى أوطاننا، لقد انقلبتِ الأمور رأسًا على عقب، ولا نعرف ما الذي شاهدناه للتوّ سِوَى أننا على شفرة الموت.

يُخرِج عليم البوصلة، وبنبرة ساورها الشك والخوف معًا:

- لا زالت تشير تلك اللعينة باتِّجاه الجنوب، كيف نحدِّد اتِّجاه العودة، كل شيء متساوٍ إذا لم ترشدنا البوصلة للطريق الصحيح.

أرجم:

- لنحمل ما نستطيع مِن بنادق، ونغادر فورًا؛ لتنتهي هذه الرحلة هنا.

إنويت وهو يحدِّق بصمت مريب نحو السماء:

- إنها ذاهبة نحوهم الآن، يجب أن نحذِّرهم أو نعيق تقدمها.

أربيك:

- ولكن... قفز من خلفه مخلوق قام بسحبه إلى الخلف ليطرحهُ أرضاً، غرس كلتا يديه في محجري عيني أربيك فانفقأتا، وهو يصرخ بصورة هستيرية ويطلب المساعدة، اندفع أرجم بالبندقية ففوجئ بأنها لا تحرك ساكناً؛ وكأنه يصيب ظلاً تنفُذُ من خلاله الرصاصات. تدخل أنويت؛ صاح به للتحرك.. يبدو أنها الفرصة الوحيدة للنجاة.

تسابقت خطاهم نحو طريق يحوي آثار لمرور المركبات، دون أن يعرفوا أي اتجاه يسلكون.

ستيف:

- مِن هنا، أرى خطوات كثيرة تسلك هذا الاتجاه، ربما نجد مَن ينقذنا، دعونا نسرع قبل أن يلحق بنا ذلك المفترس.

أكمَلوا بخطوات سريعة في نفس الاتجاه الذي أشار إليه ستيف دون توقُّف، وبعد ساعة لاحظوا وجود جثث متفرقة في كل مكان.. أخذوا يتفحصونها عن قرب، ثم سمعوا صوتًا يحدِّثهم:

- هل أنتم بشر؟

التفتوا مرعوبين نحو مصدر الصوت العميق خفيف النبرة.

جام:

- مسخ يحادثكم، أعلم، لو أكملتم الطريق ستصبحون لقمة سهلة لهم، أنا هنا لمساعدتكم، اتبعوني مِن هنا.

الأصوات تقترب، لم تتح لهم خَيَاراً سِوَى تصديق مسخ على ملاقاة الموت وجهًا لوجه، وشقُّوا طريقهم خلفها حيث كانت تخترق منطقة الشجيرات.

التفتتْ جام لتحذرهم مِن إصدار أي صوت، ثم تابعتْ طريقها.

اخترق صفوفهم فجأة شخص تبيَّن بعد أن أمعنوا النظر به أنه بشر يبدو في أواخر عقده الرابع مِن عمره، وقد طغى شعره ولحيته الكثيفة الشيب، بدا في هيئة صياد بلباسه الثقيل الذي يميل إلى لونٍ داكن، أخرج مِن جيبه قطعة جلد، وسلَّمها إنويت، وأشار إليه باتِّباع الطريق المرسوم في القطعة التي تَبَيَّنَ أنها خريطة لمكان ما، وأمرهم بالتحرك فوراً دون أن تشعر المرأة التي تقودهم.

وبعد لحظات التفتتْ جام لتقابل الصيَّاد وحيدًا يبتسم في وجهها.

جام:

- أين البقية أيها العجوز؟ لا أريد دمًا تخمَّر في أوداجك لأربعة عقود.

خافيير:

- هه.. تتحدثين إذن!

جام:

- لا أرى الخوف يعلو ملامحك، هل تعرف مَن نحن؟

خافيير:

- لا يهمُّني أن أعرف.

ويشعل النار في عود مِن الأخشاب كان يحمله ملفوفًا على رأسه قطعة قماش مبللة بمادة صفراء اللون.

بدأتْ جام تشتاط غضبًا، وتكِّشر عن أنيابها، وتحاول مناورة خافيير لتنقض عليه.. تصرخ وكأنها تستغيث، تتقدم وهي تكشف عن كامل أنيابها.

في المقابل يشعل خافيير النار في عود آخر؛ لتعزيز النار، ثم يحاول أن يصل إليها، إلا إنها تتراجع كلما أحسَّتْ بالخطر.. تتحدث بصوت جهور وقوي:

- لن تقدر على مجاراتي طويلًا أيها العجوز، وعندما يحين الوقت سأقطعك إربًا، هل تعتقد أنك تستطيع أنت وهؤلاء الهروب؟! لا يوجد مكان آمِن هنا، سنجتاح العالم ابتداءً مِن هذه البقعة حتى آخر أرض تسقط تحت أيدينا.

بتركيز شديد يلازم خافيير الصمت، ويترقب تحركاتها حتى لا تجد الفرصة لمهاجمته، ويحاول التراجع بحذر إلى الخلف وهي تقترب؛ تريد الدوران خلفه، وتبعدها ألسنة اللهب.. يتأخر خافيير عدة خطوات.. تتقدم بسرعة هائلة، ثم تطبق عليها شباك كبيرة تسحبها بقوة نحو أعلى الشجرة، وقبل أن تمزق الحبال يرفع خافيير الشعلة وهو يحرقها قائلًا:

- هراء.. لن ندعكم تتجاوزون ربع مناطقنا أيتها المسوخ السقيمة.

تشتعل جام والصراخ يزداد قوة، يسرع خافيير نحو البيت الجليدي الذي يبعد عن المكان مجرد بضعة أميال.

وصل إنويت ورفاقه إلى المكان الذي تشير إليه الخريطة، فإذ هو بيت جليدي.

دفعوا الباب مسرعين نحو الداخل، وجدوا أن المكان خالٍ تمامًا.

ستيف ينظر إلى أصدقائه بتوجُّس متناقلًا النظرة بين الثلاثة.. ينفجر غضبًا، ويمسك بإنويت محاولًا خنقه وضربه على الحائط، وبصوت مرتعد:

- كيف تركتَ أربيك هناك وفررتَ هربًا أيها الجبان المخادع؟

إنويت يفك قبضة ستيف، ويرمي بكفه في الهواء، ويردُّ في هدوء:

- لو توقفتُ لإنقاذه لما أنت واقفٌ أمامي تصرخ كالمجنون. جرَّ عليم ستيف نحو الخلف محاولًا تهدئته، ثم رمى بجسمه الأخير على الأرض، وانفجر باكيًا:

- لقد كان يقول في نبرة ثقة: سنتذكر هذه الذكريات كحلم جميل عندما نعود؛ لذلك لا تجعل شعورك بالبرد والتعب يفسد عليك كل اللحظات، إن قلبي يحفظ التفاصيل الصغيرة جيدًا، صدِّقني هي وقود الفرح الذي يبدِّد الحزن حين يقرر مباغتتك في ليلة تبدو فيها وحيدًا، وعندما أخوض مغامرة أشعر أنني أعيش اليوم مرتين وثلاث، لم يكن يعلم أننا حبيسون في هذا الكابوس، وأنه أول ضحاياه.

ينزل إنويت إليه، ويسحب رأسه نحو صدره بقوة:

- لا تشعر أننا أجزاء، أرجوك.. نحن كتلة، ولكن هناك مواقف يتحتم عليك فيها اتخاذ أمرٍ أحدهما أقل مرارة فقط، وصدِّقْني هذا لا ينفي شعورك بعد القرار بالألم.

صوت عند الباب يقطع الحديث.. يتأهب الجميع.

خافيير:

- إنه أنا الرجل العجوز.

أرجم يتقدم، ويبعد صندوق الحديد، ويفتح الباب.. يدخل خافيير والثلوج تغطي لحيته:

- لماذا لا تزالون في الأعلى؟ هذا خطر، اتبعوني مِن هنا رجاءً.

يرفع الصندوق الآخر، فبالرغم مِن أنه كبيرٌ في السن إلا إنه يملك قوة جسمانية.

فتَح بابًا يؤدي إلى أسفل، فتقدمهم قائلًا:

- أعلم أنكم لا تثقون بي، وهذا ظاهر على وجوهكم؛ لذلك سأنزل أولًا، ثم اتبعوني.

تقدَّمهم إنويت، ثم ستيف وعليم، وأخيرًا أرجم.

خافيير سحب الباب بقوة وأحكَم إغلاقه مِن الداخل، ثم تحرَّك في ممر جليدي ضيق، وهو يضع يده على فمه في إشارة لالتزام الصمت. وبعد مرور الوقت على المسير داخل هذا النفق اتَّسع النفق شيئًا فشيئًا حتى استطاعوا الوقوف، وإذ بهم في مكان دائري الشكل، وبه ممران آخران كلٌّ في اتجاه، وبنادق صيد، وأخشاب كثيرة، وأقمشة، وعلب تملؤها مواد صفراء، يتوسطها آلة غريبة المظهر على طاولة وكرسي مِن الخشب أيضًا.

تقدَّم خافيير، وجلس على الكرسي، وقام بتحريك الآلة بدفة على اليمين، ثم باتِّجاه معاكس نحو اليسار، وهي تصدر مثل صوت الطنين الذي يعلو حينًا ويختفي حينًا آخر.

أرجم مِن خلفه محاولًا فَهْمَ تلك الإشارات وهذه الآلة:

- ما الذي تفعله هنا؟ لمَ كل هذه الأصوات؟ ألم تخبرنا بأن نلتزم الصمت؟

خافيير دون النظر إلى أرجم:

- اصرخ لو شئتَ هنا، ودعني وشأني.

خطيئة في الغيب

يجتمع اثنان مِن العلماء مع طبيب ويدور بينهما حوار في غرفة اجتماع سرية.

ضرب الطبيب بيده على الطاولة:

- هل تعلم أيها العالم بيرغ أن أي خطأ في الأبحاث سيعرّضنا للخطر؟ أنا لا أرى أن نقْدم على مثل هذه الأبحاث الآن.

يلتفت بيرغ نحو ميكاييل، ومِن ثم ينظر للطبيب وسترون:

- نحن مَن ندفع ثمن هذه الأبحاث، ليس عليك سِوَى إجراء مثل هذه الاختبارات على فئران، ثم إذا فشلنا نحرق مكان الأبحاث ونردمه، لا تخف، لقد قمنا بمثل هذه التجارب سابقًا، ولم يحدث ما تخشاه.

وسترون يضع يده على ذقنه، ويرفع رأسه إليهما:

- إذن أريد مبلغًا ضخمًا لي فقط، ومسْح اسمي مِن مستندات التجربة بالكامل، أنا مجرد عنصر وهمي.

بيرغ بابتسامة خبث:

- لكَ هذا، ولكن أريد للتجربة أن تتمَّ قبل انتهاء العام.

صوت الهاتف يرن، يرفع وسترون السماعة:

- مرحبًا دكتور، وسترون يتحدث، أممم.. نعم إنهما هنا، حسنًا سأبلغهما بذلك، إلى اللقاء.

بيرغ:

- هل المعمل جاهز؟

وسترون:

- نعم، ولكن سأجري أبحاثي على السائل أكثر قبل أن أوافيكما بموعد التنفيذ.

ميكاييل:

- حسنًا، ولكن لا تسجل أي معلومة على الملفات، نحن مَن سيقوم بذلك في وقت التنفيذ.

وبعد مرور أسبوع كان الجميع في المعمل يستعدون للقيام بالتجربة.. حقن وسترون الفئران، وبدأ الجميع يحدق فيها، وبعد عدة دقائق لاحظوا أن الفئران بدأتْ تعدو في كل مكان وكأنها أصيبتْ بالجنون، ثم أسقط الدكتور صندوقًا صغيرًا بداخله كبسولة فيها السائل، قامتِ الفئران بتمزيقه بشراسة، ولم تلتفت للكبسولة، ممَّا أثار استغراب ويسترون والبقية.

ظلَّت الفئران تتبع هذا النهج مع كافة الصناديق دون النظر للكبسولة التي تحوي السائل.

صوت الباب يقطع على الجميع لحظات الانتظار.. دخل موظف يريد محادثة بيرغ.. توجَّه بيرغ نحوه، ولكن الموظف أشار لبيرغ أنه يريده في الخارج، وحينما وقفا خلف الباب قال الموظف:

- زوجة الدكتور تحمل أبحاث التجربة في جهازها، لقد تأكدتُّ بنفسي أمس عندما قامت بفتح الإيميل الذي أرسلتُه لها كما أمرتني أن أفعل.

بيرغ:

- ذلك الحقير الخائن كنتُ متأكدًا مِن أنه سيطمع لأكثر مِن ذلك، حسنًا توجَّه لمنزله الآن، وتخلَّصْ مِن زوجته دون أثر، وحطِّمِ الجهاز، بل احرقه، واجلب لي ابنته، ولا تسبب شكوكًا، تصرَّفْ بحذر.

عاد بيرغ إلى المعمل، وإذا به يرفع المسدس خلف الدكتور، التفت ويسترون في هدوء:

- دعني أشرح لك ما حدث، لم أرد لهذا النجاح ألا يُدَوَّنَ، لقد استغرقنا شهورًا لتنفيذه، أرجوك.

بيرغ:

- أنتَ لست سِوَى إنسان جشع وغبي، هذا العمل يجب ألا يرى النور، فكيف بتدوينه؟! نحن لم نبحث عن الإنجاز، وكل هذا انتهى الآن.

أطلق بيرغ رصاصة استقرتْ في رأس ويسترون، وسقطتِ الحقيبة التي تحمل المحلول على الأرض.

بيرغ لميكاييل:

- تأكَّدْ مِن سلامتها، وتخلَّصْ مِن تلك الفئران، وابحث لي عن دكتور آخر.

أخذ ميكاييل جثة ويسترون، وقتل الفئران بالسم، ثم أخرجها ووضعها في شاحنة، وتخلَّصَ مِن جثة الدكتور في النهر، بينما أمر أن تُحرَق الفئران في الغابة، ثم تنظَّف وتتلَف الشاحنة.

تحرَّك السائق بعد ما أنزل ميكاييل، وتوجَّه للغابة لحرق الفئران والتخلص منها، وبعدما أتمَّ مهمته فكَّر في الاحتفاظ بالشاحنة للاستفادة منها في رفع دخله، على أن يخبر ميكاييل بتمام المهمة.

وبعد شهر مِن الحادثة فتح السائق مرأب منزله، ودخل مع رجل، ومدَّ يده نحو الشاحنة:

- هذه هي، ستحمل بها ما تريد، ولكن تأكَّدْ مِن عودتها سريعًا؛ لأنني سأبدأ بالعمل عليها حينما أتفرغ لها تمامًا.

الرجل:

- دعني أرَها مِن الخلف؛ حتى أعرف كم مِن الأخشاب ستحمل.

السائق:

- بكل تأكيد، تفضَّل، سأفتح لك الأبواب.

الرجل:

- جيدة جدًّا، ستحمل الكثير، وتوفِّر لنا عناء السفر البعيد والنقل المتكرر.

السائق:

- لمْ تخبرني إلى أين ستذهب بالأخشاب.

الرجل:

- إلى أقصى الشمال هناك في القطب، فهم يدفعون ثمنًا مجزيًا لذلك.

السائق:

- إنها رحلة شاقة، تأكَّدْ أن تعود سالمًا وهي كذلك. مشيراً إلى الشاحنة.

عاصفة بيضاء

ذهب الرجل لعائلة كانوا قد أخبروه بحاجتهم في نقل سلاح مغطًّى بالأخشاب إلى أقصى الشمال لمقايضة القبائل هناك مقابل جلود الحيوانات والفراء.

الرجل لحارس البوابات:

- أخبِرِ السيد وليام أنني هنا ومعي شاحنة النقل التي يريد. الحارس:

- حسنًا.. لحظة مِن فضلك.

يتوجه الحارس قائلًا إلى سيده: سيدي، هناك رجل يزعم بأن لديه شاحنة أنت مهتمٌّ بها.

وليام:

- نعم، بسرعة دعه يدخل الساحة الخارجية، وأخبِرِ السيدة ريتشي أن تُلاقِينا هناك.

أسرع الحارس للرجل، وفتح البوابات، وبصوت مرتفع:

- تفضَّلْ أيها السائق، سيدي سمح لك بالدخول، وأنا سأرشدك لملاقاته.

وصل الرجل إلى الساحة، وبعد انتظار لخمس دقائق ظهر وليام في سيارة الجولف متجهًا نحو الرجل ومعه سيدة، وحين وصل نزل بهدوء، ولوَّح بيديه لسائق الشاحنة أن ترجَّل مِن السيارة.

نزل الرجل مسرعًا نحو وليام، تبادلا التحية، ثم سأل وليام الرجل:

- مَن سيقود بنا إلى هناك؟ أهو أنت؟

الرجل:

- نعم يا سيدي، يسعدني ذلك.

التفت الاثنان نحو السيدة ريتشي وهي تتقدم نحوهما.

وليام:

- أعرِّفك على أختي السيدة ريتشي، سترافقنا إلى هناك، وكم تريد مبلغًا مقابل الذهاب بنا إلى الشمال؟

الرجل:

- ما تجود به نفسك يا سيدي، أنا رهن إشارتك.

ريتشي تبادل وليام الابتسام:

- سنعطيك ما تريد على أن نذهب في أقرب فرصة، ولكن تذكَّرْ أننا نخفي الأسلحة تحت كومة أخشاب، عليك أن تتأكد أننا سنمُرَّ بسلام بدون مشكلات.

الرجل وهو يومئ برأسه:

- لا تقلقي يا سيدتي، أنا خبير في نقل جميع أنواع البضائع.

وليام:

- حسنًا، سنذهب بعد يومين، أخبِرْني عندما تكون جاهزًا.

تحرَّكَ الثلاثة متوجهين نحو أقصى الشمال المتجمد.. مَرَّ أسبوعان على تحركهما، وبقي القليل جدًّا على المكان المنشود.

وليام:

- توقَّفْ هنا يا فرانك، لقد مرَّتْ أيام، ونحن نشعر بالتعب، ولم يتبقَّ الا القليل، سنقيم ها هنا ليوم فقط، ثم نكمل.

فرانك:

- حاضر يا سيدي، ولكني أرى ألا نقف في هذا المكان تحسُّبًا لأي أمر طارئ، نحن لا نعرف متى تباغتنا العواصف الثلجية، وإني أعرف مكانًا لو تابعنا السير لساعتين فقط يمكننا المكوث فيه، إنه نزل خشبي يديره صياد وابنته.

ريتشي:

- إنه على حق، فأنا بحاجة للراحة في مكان جيد، فلنتابع.

قرَّر الاثنان الإنصات إلى رأي فرانك، وتابعوا المسير حتى باتت الثلوج تزداد غزارة، ثم توقفتْ بهم الشاحنة فجأة.

فرانك:

- تبًّا! يبدو أن هناك مشكلة، سأنزل لأتفقَّد الشاحنة.

نزل فرانك، ورفع غطاء المحرك، فوجد البطارية تبدو فارغة.. عاد فرانك ليخبرهما بأمر العطل.

ريتشي:

- ما الأمر؟ ماذا نفعل الآن؟ تبقى لنا ساعة مِن السير، ولكن هل سنصمد؟ وماذا لو عدنا إلى الشاحنة ووجدناها قد سُرِقَتْ؟ لا.. لا يبدو لي حلًّا جيدًا.

وليام:

- لن نتحرك مِن هنا، سيذهب فرانك لطلب المساعدة، ثم يعود.

أخذ فرانك ما يحتاجه لمتابعة السير، وذهب في اتجاه النزل لطلب المساعدة، بينما بقى وليام وريتشي في الشاحنة ينتظران.

وبعد مرور عدة دقائق، قالت ريتشي:

- إني أتجمد مِن البرد هنا، لننزل ونشعل لنا نارًا حتى يعود فرانك.

وليام بعد تفكير:

- حسنًا، يبدو أن الانتظار سيطول على أي حال.

وتوجَّه نحو باب الشاحنة الخلفي، وقبل أن يمدَّ يده نحو الباب شعر بوخزة في ظهره.. صوت يتمتم بلغة غير مفهومة، ويضغط بقوة أكثر على ظهره، لم يستطع وليام فهم ما يقوله هذا الصوت، والذي جعل الأمر مستحيلًا صوت العاصفة.

لم يدم الأمر سِوَى لحظات حين سقط وليام مغشيًّا عليه إثر ضربه مِن الخلف.

صرخَتْ ريتشي وهي تشاهد أخاها يسقط، وقد قيَّدها رجل يبدو مِن السكان الأصليين للشمال المتجمد،

ثم أمر قائد المجموعة بأخْذ محتويات الشاحنة، ووضْع الأخوين في الخلف وإغلاق الشاحنة عليهما، وقد تمَّ ذلك الأمر ولا يزال وليام فاقدًا للوعي.

أخذتِ المجموعة تنقل ما سرقتْه مِن أخشاب وأسلحة في عربات تجرُّها كلاب حتى توارتْ آثارهم، وغطوا في الجليد الواسع.

بعد نصف ساعة ممَّا حدث، حرَّك وليام نفسه، ثم صاحت ريتشي:

- هل أنتَ بخير؟ هل تسمعني جيدًا؟

وليام وهو يحاول جاهدًا أن يفتح عينيه:

- هاه.. نعم نعم، أنا بخير، ما الذي حدث هنا؟ وأين نحن؟

ريتشي:

- نحن في مؤخرة الشاحنة، لقد هجم علينا مجموعة مِن الرجال، وسرقوا كل ما نملك، وأشعر بأنهم رحلوا؛ لأني لم أعد أسمع أصواتهم.

وليام وهو يحاول أن يفك قيده:

- أولئك الأوغاد، تبًّا لهم، سأحاول الخروج مِن هنا، وأعثر عليهم، وأبيدهم جميعًا على هذه الفعلة الحمقاء.

ريتشي:
- أين ستجدهم؟! المكان واسع، إنهم إبرة في كومة قش، هل جُنِنْتَ؟! دعنا نحاول العثور على فرانك، وعلينا العودة سريعًا نحو أراضينا.

غنائم الظلام

عاد قُطَّاع الطرق – وهم جماعة مِن المتربصين – يقطعون طريق كل مَن يقصد النزل مِن التجار؛ لنهب ما يملكون وبيعه.

نصبوا الخيام، وأضرموا النار، وأخذوا يتسامرون بالحديث، قاطع حديثهم صوت خطوات سريعة مِن بين الشجيرات، اعتقدوا لوهلة أنها كلاب ضالة، إلا إن سرعة الصوت كانت تزيد مِن حذرهم وخوفهم في آن واحد، وسرعان ما ظهر كائن يشبه البشر ولكن في صورة أصغر، ويملك أنيابًا ضخمة جدًّا، ويكسوه الشعر مِن الخلف، ومخالب أضخم مِن أن تكون لحيوان بري في يد بشرية تمامًا، وطبقات متكدِّسة من الجلد، تشعرك بأنهم قد أذيبوا من قبل حمم بركانية. وبسرعة فائقة كان قطيع من هذه المخلوقات ينتشر في الأرجاء، هَجَمت الجماعة بشراسة، مَزَّقت بطونهم إرباً إرباً، بعد أن تفقأ لهم عيونهم.

تراجع رجل بينما أصابه الرعب والذهول ممَّا يحدث أمامه، وانطلق نحو طريق النزل، وأخذ يركض بسرعة دون النظر خلفه؛ خوفًا مِن أن تكون تلك المخلوقات تتعقبه.

وبعد فترة مِن الركض المستمر بدأ الرجل في التقاط أنفاسه، وتوقَّفَ قليلًا، ونظر إلى الخلف فلم يجد شيئًا يتبعه.. أمسك صدره، وجثا على الأرض لم يعِ ما رآه، ولكنه نجا بدافع مِن غريزة النجاة لديه التي استيقظتْ بينما ظل الجميع يحدق فيما رآه دون حراك.

عاود الرجل الركض في نفس الاتجاه، والأحداث لا تزال تعيد نفسها في رأسه، وبينما يتقدم بدأتِ الشاحنة تتضح أمامه، وقد اكتست باللون الأبيض تمامًا، وبدأتْ تغرق في الثلوج.

اقترب الرجل مِن الشاحنة، وأخذ يبحث عن أي شيء يحرك به الثلوج عن الباب الخلفي للشاحنة، وأخذ يبعثر الثلوج بيديه حتى اصطدمتْ يداه بشيء صلب، وما إنْ حفر حوله حتى تبيَّن أنه لوح مِن الخشب سقط مِن الأخشاب التي قامت جماعته بسرقتها للتوِّ، فأخرجها بسرعة، وعاد إلى الباب الخلفي للشاحنة، وبدأ بإبعاد الثلج عن الباب؛ حتى يتمكن مِن فتحه.. أمسك بقبضة الباب، وبدأ في سحبه إلى الخلف، فصاحت ريتشي:

- فرانك! هل هذا أنت؟

وليام وهو يدير جسده باتجاه الصوت:

- فرانك.. أسرعْ.. نكاد نتجمد مِن البرد.

تقدَّم الرجل نحوهما بحذر وهو رافع يديه نحو الأعلى.

بدأتْ علامات الاستغراب تظهر على وجه ريتشي.. بقيتْ صامتة ترقب، فيما صاح وليام:

- مَن أنت؟ وماذا تريد؟ هل تعرف فرانك؟

تحدَّثَ الرجل بلغة ركيكة جدًّا تكاد تكون مفهومة:

- أنا لن أوذيكما، سأحرركما فقط، ونريد النزل للتحصُّن بسرعة، أرجو ألا نتأخر كثيرًا.

وبينما الرجل يحل وثاق كل من وليام وريتشي، ألمحت الأخيرة لأخيها بأنه من جماعة قطَّاع الطرق، فاندفع وليام بغضب نحوه وهو يمسك برقبته:

- هل تظن أن ذلك يكفي كي أغفر لك ولمجموعة الحمقى؟! أخبرني أين هم الآن، وأين الأسلحة، هيًّا بسرعة.

أمسكتْ ريتشي بيد وليام:

- أرجوك توقَّفْ، دع حلمك يسبق غضبك ولو لمرة، لقد حلَّ وثاقنا، هل يعني لك ذلك شيئًا؟

وليام وهو يبعد يديه عن الرجل وينظر إلى ريتشي:

- لا يعني لي شيئًا، أريد فقط استعادة ما جئنا به إلى هنا.

يقاطعهما الرجل:

- لن نستطيع العودة، سنواجه الموت فقط، الأفضل أن نتقدم، وننسى أمر السلاح أرجوك.

وليام:

- ماذا تقول أيها المخبول؟ سأقت...

ريتشي:

- وليام.. توقَّف، ولنكمل إلى النزل للبحث عن فرانك، سيساعدنا ذلك في استعادة السلاح لاحقًا، فلنتقدم.

صوت خطوات سريعة يقترب مِن الشاحنة.

حلم أسود

استيقظتْ خيتا بأنفاس متقطعة وثقيلة تلهث، وضعتْ يدها على صدرها في محاولة تهدئة أنفاسها المتسارعة، ثم نهضتْ بسرعة وكأنها تذكرتْ شيئًا ما إلى خارج الخيمة.

توجهتْ في خطوات سريعة وسط الظلام، والثلوج تتراكم على ظهرها، وتثقل مِن حركة قدميها أيضًا.

وصلتْ بعد عناء نحو البيت الجليدي.. طرقتِ الباب على عجالة.. فتح الباب الشيخ العجوز هومك:

- خيتا! ما الذي أتى بك في مثل هذا الوقت؟!

خيتا وهي تبعد الثلوج عن جسدها:

- لم أستطع الانتظار، لقد رأيتُ السائل الأسود مرة أخرى، وهذه المرة كنت أقوم بابتلاعه.

هومك:

يضع يده خلف ظهرها:

- اجلسي، سأحضر ماءً دافئًا؛ لكي تنعمي ببعض الدفء قليلاً.

خيتا وهي تهمُّ بالجلوس:

- أخشى ألا نملك الكثير مِن الوقت، أرجوك فكِّرْ بشيء، عقلي مشوَّش، وأشعر بالخوف يجتاحني لمجرد أنني رأيتُ هذا الحلم ثانيًا.

هومك وهو يحضر الماء ويضعه أمام خيتا:

- لا عليكِ، فقط تماسكي، لقد فكرتُ بكل شيء مِن قبل، ولديَّ خطة قد تساعدنا إذا صدقتْ رؤياكِ.

خيتا وهي تضع الكوب جانبًا:

- حقًّا، هل سيجدي ذلك نفعًا؟

هومك:

- أنا لا أعرف المجهول، ولكي تكون لديَّ إجابة فعليَّ مواجهة الأمر بنفسي، دعي الخوف جانبًا عندما تريدين تحقيق شيءٍ، فهو بلا شكٍّ سيحيدكِ عن ذلك، فقط تحرَّرِي منه الآن، وأنصِتي إلى ما أقوله.

غدًا صباحًا وقبل شروق الشمس أيقظي كل القبيلة وتوجهوا نحو المنتصف، حيث نشعل النار الكبيرة دومًا، قسِّميهم لمجموعات، أربع نساء ورجل وطفل، ثم فرِّقِيهم على عدة اتجاهات باستثناء منطقة الشجيرات ومكان تواجد الدببة الرمادية، وبعد عدة أيام سنطلق بوقًا متتابعًا ثلاث مرات، هذه إشارة للجميع بالعودة هنا، وكل ما يلي ذلك أنا كفيلٌ به، هل فهمتِ؟

خيتا باستغراب:

- هل تريد أن نهلك أم ننجو؟ ما الذي يدور في رأسك؟

هومك وهو يضع يده بقوة على كتف خيتا:

- صدِّقيني أنا أبذل قصارى جهدي، فقط ثقي بي.

عادت خيتا لخيمتها تحمل خوفًا جديدًا مِن مجهول بات يحاصرها مِن كل اتجاه، ولم تستطع النوم، فبقيتْ على هذه الحال حتى اقتراب شروق الشمس.

خرجتْ ونادت على الجميع بصوت عالٍ ومتتابع حتى اجتمعوا حول النار الكبيرة، شرحت لهم الخطة، وما يترتب عليها، وأنهم ملزَمون بالتنفيذ حالًا.

رفع كيجا يده قائلًا:

- أنا سأذهب برفقتك أنا ومالا وابني قافيك.

نظرتْ خيتا نحو أرما:

- سترافقني ساجو وأمها أيضًا.

أومأ برأسه أرما، وترك المجموعة متوجهًا نحو البيت الجليدي، بينما تحرَّك الجميع بسرعة للانقسام في مجموعات، ثم اختيار الجهة التي يَوَدُّونَ الذهاب إليها.

بوابة الجحيم

الرجل مشيرًا لريتشي ووليام بعدم الحركة، وشيء ما سريع يتقدم نحوهما، إلا إنه توقَّفَ فجأة عند سماعه لصوت إطلاق نار، ليعود إلى الخلف.

بدأتْ مجموعة تطلق النار بعشوائية وبكثافة.. تناثرتِ الدماء هنا وهناك في منظر مرعب.

استغلَّ الرجل انشغال المخلوقات بالهجوم على الجماعة، وأشار للتحصن داخل الشاحنة.

تبع وليام وريتشي إشارته وسط ذهولهما مِن تحوُّل الجليد إلى أحمر خلال ثوانٍ قليلة، وعادا بسرعة نحو الشاحنة مِن الخلف، وأغلقا البوابة بإحكام.

رمى الجميع أجسادهم على الأرض، بينما ظلَّ وليام يحدق بالباب.

ريتشي:

- ما الذي رأيته للتوِّ؟ أي نوع مِن الحيوانات يملك كل هذه السرعة والقوة؟

الرجل:

- ليس الأمر كما تعتقدين يا سيدتي، إنهم ليسوا كذلك، لقد شاهدتُهم بالقرب.

عاد وليام ليمسك بالرجل، ورفعه إلى الأعلى:

- ما الذي تود أن تقوله؟ توجب عليَّ قتلك بكلتا يدي هذه.

حاول الرجل التقاط أنفاسه، ثم دفع بيدي وليام جانبًا:

- ألا تريد استعادة أسلحتك؟

وليام:

- وهل بدأتَ الآن في مراوغتي؟

الرجل:

-أنا أعني أنها بلا فائدة، هل كان في استطاعتها إنقاذ أي من هؤلاء؟

وليام:

- ولكن...

صوت ارتطام قوي أوقف الحديث، فأشارت ريتشي إلى الأعلى، بدا وكأن أحدًا يخطو فوق الشاحنة ببطء شديد.

تثاقلتِ الأنفاس كمحاولةٍ منهم بعدم إصدار أي صوت.. ازداد الضرب في الأعلى حتى مع هدوئهم، فأشار الرجل أن عليهما المحافظة على رباطة جأشهما والاستمرار في الصمت.

وبعد مرور الكثير مِن الوقت خارت قُوَى ريتشي، ومِن شدة الخوف والجوع بدأتْ بالبكاء بدون صوت، فاقترب الرجل منها، ووضع يده على يدها محاوِلًا التخفيف عنها، وظلّ وليام صامتًا يحدق في الباب الخلفي للشاحنة.

وفي هذه الأثناء انفجرتْ ريتشي بالبكاء، فلم تعد تحتمل الترقب ولا الشعور بالخوف الشديد لوقت أطول.

صوت ضربات قوية ينحني معها الباب شيئًا فشيئًا.. أمسك وليام بقطعة خشب، وتقدَّم نحو الباب، ولكن شده الرجل نحو الخلف بقوة:

- ابقَ إلى جانبها، أنا مَن سيتقدم.

رفض وليام العودة، وتقدَّم نحو الباب الذي بدأتْ فجوة به في الاتساع، مع تلاحق الضربات العنيفة، ثم ظهر رأس مكسوٌّ بالشعر الأسود، ذو عينين تكاد تخرج مِن مكانهما، وأنياب تملأ الفم الذي تراءى لهم أنَّ لا حدَّ له.

وإذ بالرأس ينشطر إلى قسمين حين يقوم بفتحه.. حاول وليام عدم التمعن أكثر في ماهية هذا المخلوق، وهمَّ بمهاجمته بقطعة الخشب، فسحب ذلك الرأس الذي لم يدخل بالكامل قطعة الخشب، وقام بالتهامها، ثم تمكَّن مِن يد وليام، وانتزعها بالكامل.

غشي عليه في الحال.. سحبه الرجل نحو الخلف حين أُطلِقَتْ إنذارات متتابعة مِن منارات الاستغاثة والتي تحذِّر غالبًا مِن حدوث انهيارات جليدية جعلتْ الرأس يختفي مسرعًا نحو مصدر الصوت.

صرختْ ريتشي وهي تشاهد وليام يسبح في دمه ويرتجف، وكأن روحه تخرج مِن جسده.

سحب الرجل حقيبته، وأخرج قطعة مزقها، وقام بربط الجرح محاولًا إيقاف الدم مِن التدفُّق.

ريتشي تحتضن رأسه:

- لماذا تقدمتَ نحو الباب هكذا أيها الأحمق؟!

الرجل لريتشي:

- لن نستطيع إيقاف الدم، سيموت لو استمر هكذا، سأضرم النار في الخارج، وابقي أنتِ بجانبه.

ريتشي:

- لمَ إضرام النار يا هذا؟

خرج الرجل دون أن يلتفت إليها، وبعد عدة دقائق عاد ومعه قطعة مِن الخشب مشتعلة:

- هيَّا ساعديني على إسناده، مِن الأفضل أن أقوم بمداواته وهو في وضع الجلوس.

ريتشي:

- تقوم بماذا؟ ما الذي تنوي فعله؟

الرجل يصرخ بها:

- فقط أمسكيه مِن الجانب الآخر، وحاولي ألا يسقط مِن يدك أو يتحرك إن أفاق.

ريتشي تقوم بتبديل نحو الجانب الآخر، وتمسك بوليام بقوة وهي تنظر للرجل الذي قرَّب قطعة الخشب نحو كتف وليام، وقام بإلصاقها لإيقاف النزيف، فصرخ وليام بصوت منهك جدًّا.

ريتشي وهي تحاول دفْع الرجل بعيدًا عن أخيها:

- هل جُنِنْتَ يا هذا؟!

الرجل يُبعِد يدها بقوة:

- هل تريدين له العيش؟ هذه هي الطريقة الوحيدة لإنقاذه، ساعديني لنحمله الآن، فهو يحتاج للدفء، وأن يأكل شيئًا، لن نستطيع التحرك بوضعه الحالي.

ريتشي:

- آمُل أن تكون على حق، هناك في المقدمة نحمل المؤونة، ألم تقم أنتَ وجماعتك الغبية بسرقتها؟

الرجل:

- لم نكن أغبياء ولا خبيثون، بل نبحث عن طريقة للعيش، هل ترينَ حولكِ أيًّا مِن مظاهر الرخاء؟

ريتشي وكأنها تذكرتْ شيئًا للتوِّ:

- توقَّفْ.

تجمَّد الرجل، وملأ ملامحه الخوف، فقالت ريتشي:

- لماذا تتحدث بشكل جيد؟ سمعتك بالكاد تربط كلمة بالأخرى قبل حدوث كل هذا؟

الرجل وهو يتنفس براحة:

- لو تحدثتُ جيدًا لقام أخوكِ بقتلي بدون تردد.

أدارت ريتشي نظرها عنه بعدم اهتمام:

- هيًّا سأحاول إحضار بعض المؤونة، بينما تضع وليام على مقربة مِن النار.

وبعد أن تناول الجميع شيئًا لسدِّ فوهة الجوع تساءلتْ ريتشي:

- هل بقاؤنا هنا آمن؟ فأي صوت في مكان قريب منَّا سيحضر زمرة الوحوش تلك.

الرجل:

- لن نطيل المكوث، أنا أعرف أنَّ مصدر الصوت بعيد جدًّا مِن هنا.

ريتشي:

- لقد كان يبدو إنذارًا، أكان للتحذير من وجود هذه الوحوش؟

الرجل وصوت ضحكاته تعلو:

- لا.. إنها مجرد إنذارات تعني وجود انهيارات جليدية في أماكن محددة.

ريتشي:

- هل أخبرتُكَ بنكتة هزلية ولم أنتبه لحديثي؟

الرجل:

- أعتذر، لم أقصد، ولكن أعتقد أنها ستفاجئهم كما فعلتْ بنا للتوِّ.

ريتشي تمسح على رأس أخيها:

- لقد نسيتُ أن أشكرك في لحظه اعتقدتُّ أنني سأفقده.

الرجل:

- اسمي هو زيكاي.

ريتشي:

- اسمٌ مميزٌ يا زيكاي، لقد غلبني النعاس، لكن لا أستطيع النوم.

زيكاي:

- حاولي أن تنامي في الشاحنة، بينما سأبقى لجانب وليام طوال الليل، خذي هذه القطعة مِن الفراء، ستبقيكِ دافئة ولو قليلًا.

ريتشي:

- سأفعل. بالمناسبة.. أدعى ريتشي.

خطوط متعرجة

إنويت يمسك بمجموعة مِن أقصوصات الورق تتحدث عن القبائل في الشمال المتجمد يقرؤها بتمعُّن، بينما يتفقد الآخرون المكان المملوء بالحاجيات.

يتقدم نحوه خافيير ومِن خلفه يقول:

- لِمَ أنت مهتمٌّ بأمرهم لهذا الحد؟ يبدو ظاهريًّا أنك هجين؟

إنويت يلتفت وفي وجهه ملامح استنكار:

- أهكذا يُطلَق علينا عندما نتفرع في أصول أخرى.

خافيير يبتسم:

- إنه السائد، لم أقصد الإهانة، ولكن لا تبدو لي كشخص يعيش في الجوار.

إنويت:

- وكيف أبدو إذن؟

خافيير:

- شيء غير ذلك، مِن أين أتيت؟

إنويت:

- مِن مناطق الجوار بالتأكيد.

خافيير:

- وهل مَن معك مِن نفس المكان؟

إنويت يساوره الشك:

- أهذا استجواب؟

خافيير:

- بنيَّ، أنا لم أتحدث مع أشخاص آخرين منذ شهرين تقريبًا، لا تخف، مجرد أسئلة لرجل عجوز تقليدي.

إنويت:

- لا يبدو لي أنك تقليدي، فمكان تواجدك هذا لا يعطي لي مدلولًا على ذلك.

خافيير:

- عن أي قبيلة تبحث؟

إنويت:

- وكيف عرفتَ أنني أبحث؟ فقط كنتُ أستكشف المكان!

خافيير:

- إذن هناك صندوق يحوي مجلدات أكبر وأكثر إذا أردتَّ الاطِّلاع.

يهمُّ خافيير بالعودة نحو الجهاز، فيقول له إنويت:

- توقَّف.. الهوساي قبيلة بين جبلين كانت تسكن منذ ثلاثة وعشرين عامًا أو أكثر.

خافيير تتبدل ملامحه بسرعة:

- أممم.. حسنًا.

إنويت:

- حسنًا ماذا! لمَ تغيرتْ ملامح وجهك؟ هل هناك خطبٌ ما؟

خافيير:

- لا، ولكن...

إنويت يمسك بأكتاف خافيير، وبصوت مرتبك:

- لكن ماذا أرجوك!

خافيير:

- يؤسفني يا بنيَّ أنني لستُ متأكدًا ممَّا أقول، ولكن هناك أخبار سمعناها عن الهوساي، ربما هُوجِمَت بطريقة غامضة، ولم يتبقَّ منهم حيٌّ يُرزَق.

إنويت:

- لستَ متأكدًا؟! ليس كل ما يُقال حقيقيًّا صحيح؟

خافيير:

- صحيح يا بني، هناك أمور يعلمها الله وحده.

إنويت:

- نعم، حدسي يقودني دائمًا في الاتجاه الصحيح، ولم يدخل لقلبي حديثك، وأشعر أن هناك أجزاءً ناقصة.

خافيير:

- أمم.. ربما أنت على حق، أستأذنك، يتوجب عليَّ العودة للعمل.

ويترك إنويت يتخبط ويفكر ليعود أمام الآلة يتابعها بهدوء.

أمسك أرجم إنويت مِن الخلف الذي كان يحدِّق ببعض المجلدات.

- ما بك؟ ما الذي دار بينك وبين الرجل العجوز؟ إني لا أشعر نحوه بالاطمئنان.

إنويت وهو يتصفح المجلد:

- هل نسيتَ أنتَ مَن أخبرنا باتباعه في الخارج؟

أرجم:

- وهل كان لدينا خيار آخر؟

إنويت:

- لا أعلم.

أرجم:

- رأيتُك تمسك به، واعذرني لم أُرِدِ استراق النظر، ولكن شدَّني اندفاعك، بدوتَ وكأنك تشاطره أمرًا نجهله نحن أصدقاءَك.

إنويت:

- وهل تحوَّلَ شكُّك نحوي الآن يا أرجم؟!

أرجم بارتباك:

- لا لا، صدِّقني لا أقصد ذلك، فقط شعرتُ بالخوف عليك.

إنويت:

- لا تخف، أنا أجيد الإمساك بزمام الأمور.

أرجم:

- هل لديه خطة للخروج مِن هنا؟ أم سنبقى عالقين معه في هذا المكان الغريب؟ أشعر أنني اختنق لمجرد المعرفة أنني تحت الأرض.

إنويت:

- لم يفصح لي بشيء.

أرجم:

- ولكن...

إنويت يلتفت بوجهٍ صارم:

- أنصتْ إليَّ.. أتينا إلى هذا المكان معًا، وسنخرج حتى لو لم يساعدنا ذلك الرجل العجوز.

أرجم وهو يمدُّ كفه نحو إنويت، ويمسك بيده، ويشدُّها نحو صدره:

- لا شكَّ يا صاحبي، لا شكّ.

عليم لستيف:

- تذوقتُ طعم المادة الصفراء، إنها مُركَّب يطيل في مدة احتراق الخشب.

ستيف وهو يلعب في يديه ببندقية:

- وهل تعرف المواد مِن مذاقها؟! أنتَ رجل غريب.

عليم:

- ورائحتها أيضًا، نسيتَ أنني أحب الكيمياء، وأنها تجري في دمي!

ستيف:

- لا أعلم لماذا بنادق صيد؟ إنها لا تغني ولا تسمن مِن جوع!

عليم:

- أنتَ في مكان صيد، ماذا تريد أن تجد؟! مسدسات ورشاشات للقتل!

ستيف:

- هل تعتقد أننا وسط أناس مسالمين؟

عليم:

- إنهم يستخدمون الرماح في القتل وبنادق لصيد الحيوانات.

ستيف:

- وما هذا الذي يحاصرنا بالخارج؟ هل هو منهم؟

عليم:

- لا أعرف، ولكن لا يبدو لي أنها قدرات لبشر، إنهم أقرب لأشكال الوحوش الخارقة للطبيعة!

ستيف:

- إنهم بلا وصف، لم أستطع التحديق جيدًا؛ لكيلا يتوقف قلبي، حتى أربيك لم أره إلا أشلاء تتطاير في الهواء. تتغير نبرة صوته تدريجيًّا نحو البكاء، وتمتلئ عيناه بالدموع.. عليم يقترب مِن ستيف، ويدني رأسه بالقرب منه:

- أعرف جيدًا ماذا يعني لك أربيك، لكن لا تعتقد أننا نمضي فارغين مِن الداخل، الأمر فقط أن لكل شخص طريقة يعبِّر بها عن حزنه.

ستيف وهو يلتفت نحو الجهة الأخرى:

- كان يجب أن أركض في اتجاهه، ولكن بدلًا مِن ذلك قادتني أقدامي في الاتجاه المعاكس، لن أسامح نفسي على فعلتي هذه ما حييت.

عليم وهو يضع يده على كتف ستيف:

- إنها الطبيعة البشرية، لا تحمِّل نفسك أعباءَ أفكارٍ واهية، لو فعلتَ لكانت خسارتنا مضاعفة، ولن تغير مِن الأمر شيئًا، بل سيزداد سوءًا.

يقاطعهما أرجم:

- هل تريدان أن تأكلا؟ الرجل العجوز يعدُّ لنا مائدته والابتسامة تعلو وجهه.

عليم:

- نستحق أن نأكل شيئًا بعد المسافات التي قطعناها هرولة.

ستيف وهو يمسح وجهه بكفِّه:

- بل تقصد ركضًا أيها الجبان.. وهو يدفع بعليم للأمام.

خافيير:

- تفضلوا، إنه شيء بسيط، فلستُ بالطاهي الماهر.

صوت رنين الجهاز القوي يفزع الجميع.

هزائم الجليد

خيتا تتوقف وهي تلهث:

- لا أستطيع التقدم.

كيجا وهو يعود خطوتين نحو خيتا:

- هل أصابكِ مكروه؟

خيتا:

- أقدامي، أشعر بأنها تنفصل عن جسدي مِن البرد.

كيجا وهو يشدُّ يدها:

- حاولي أن تتماسكي، لم يتبقَّ لنا سِوَى بضع خطوات، ونصل إلى أقرب كهف.

خيتا:

- لا يمكنني ذلك، أكملوا الطريق بِدوني، إني مجرد عبء ثقيل.

ساجو تعود إلى الوراء قائلة:

- سأبقى بجوارها، تابعوا السير، سنلحق بكم عندما تستطيع العمة التحرك.

كيجا:

- لا، لن نخطو خطوة واحدة بدونكما.

مالا:

- هل سنقف كثيرًا هنا؟! ابني يتجمَّد مِن البرد، الثلوج تسقط بغزارة كلما مرَّ الوقت.

كيجا:

- سنخيِّم هنا ليوم واحد، ونكمل غدًا.

مالا:

- لقد فقدنا العربات بسبب تلك الكلاب الغبية، فكيف سنبيت على الجليد؟!

كيجا:

- لديَّ خيمة واحدة هنا، ونحتاج إشعال نار فقط، نحن بحاجة للدفء؛ لذلك مِن الجيد أن نجتمع في مكان واحد.

مالكا:

- بإمكاننا زيادة الأخشاب من منطقة الشجيرات، هي بجانبنا الآن.

مالا:

- ولماذا لا ندخل إلى الداخل قليلًا؟

كيجا:

- أرى ألا نغيّر المسار كثيرًا، دعوني أجمعها أنا ومالكا. ساجو:

- ابقيا يقظين، وعودا سريعاً، العمة ومالا والصغير في رعاية الله ثم رعايتي، لا تقلقا، وجودنا إلى جانب بعض أمر مريح.

أكمل كيجا ومالكا في طريقهما نحو منطقة الشجيرات، وأثناء سيرهما تساءلتْ مالكا بصوت مرتفع:

- لم أعرف السبب رغم محاولاتي في البحث عن عذر مقنع لبقائِه هناك.

كيجا:

- احذري مِن الجليد المتكتل، إن تحته تكمن حُفَرٌ قد تقعين فيها.

مالكا:

- آها! الجليد... الجليد أمكر من أي ثعلب. هل تعرف لماذا لمْ ينضم إلينا أرما؟ فهو لمْ يتحدث إليَّ رغم محاولاتي المتكررة في سؤاله، واكتفى بقوله: سأخبركِ لاحقًا!

كيجا:

- هومك يحتاجه بالتأكيد في يوم التبادل مع التجار الأوروبيين، وأرما مِن أشد رجال القبيلة.

مالكا:

- ولمَ لمْ تبقَ أنتَ بجانبه؟

كيجا توقَّف ونظر إليها باستغراب:

- ما الذي ترمين إليه؟

مالكا:

- إني فقط أتساءل...

صوت سريع يتحرك بالقرب منهما، فيقول كيجا:

- هل رأيتِ ذلك الظل خلف الأشجار؟ يبدو أن لدينا رفقة هنا.

مالكا:

- أين؟ إنني لا أراه!

اقتربا أكثر إلى مصدر الصوت، وقفز شيء نحو كيجا بسرعة، وأسقطه أرضًا. مالكا تنظر بتمعُّن في الموقف، وكيجا يضحك:

- إنه أحد الكلاب الغبية، أهلًا يا صديقي راسيس، هي ترفض التحرك إذا كانت الحمولة ثقيلة، والثلوج تزيد الأمر سوءًا، لقد ترك رفاقه للبحث عني.

مالكا وهي تريح أكتافها إلى الأسفل:

- غبيٌّ حقًّا، لقد أفزعني!

كيجا وهو يزيل عنه الثلوج:

- هيَّا لنتحرك.

جمع كلٌّ منهما ما يكفي مِن الأغصان، وعادا أدراجهما مِن حيث أتيا.

خيتا وهي تحدِّث مالا:

- غطي أقدام الصغير المسكين، لم ينم جيداً ليلة البارحة.

مالا:

- أحاول جاهدة أن أبقيه دافئاً، وإلا لن يغالبه النعاس ويغط في سبات عميق.

ساجو تأتي مِن خارج الخيمة إلى الداخل:

- لا أرى أثرًا لهما، أشعر بالقلق الشديد.

خيتا:

- جمْع الأغصان مِن تلك المنطقة يستغرق الوقت، لا تنسي أمر الثلوج التي تغطِّيها مِن حين لحين.

مالا:

- إنها محقَّة، لا تقلقي، سيعودان في أي لحظة.

ساجو وهي تعيد النظر إلى الخارج:

- ما هذا الشيء؟

خيتا وهي تبعد غطاء الجلد عن قدميها، وتهمُّ بالوقوف:

- ما الأمر؟

ساجو:

- هناك شيء يقترب مِن هنا.

مالا:

- ربما عادا

ساجو:

- لا أعتقد، إنه...

خيتا تقاطع حديثها بسرعة:

- إنه ماذا؟

وهي تخرج لتقف إلى جانبها.. توقَّفَ الشيء عن التقدم لصوت كلب ينبح مِن خلفه بشدة، وعاد سريعًا في اتجاه الكلب، وسرعان ما تطايرتْ أشلاؤه في الهواء.

صاحت خيتا:

- هيَّا لنتحرك بسرعة.

ساجو:

- ما الذي يحد...؟

خيتا:

- ليس لدينا وقت، هيَّا فلنهرب.

وفي الجهة المقابلة للموقف، كيجا ومالكا بوجه يملؤه الدهشة والذعر..

كيجا:

- عودي إلى الوراء، هيا ولا تتوقفي عن الركض أبدًا.

مالكا:

- ولكن ابنتي..

- كيجا الآن...

ثم يعودان سريعًا نحو منطقة الشجيرات، وصوت خطوات ثقيلة تلحق بهما.

يوم السلاح

أرما حول النار الكبيرة وهو يرمي غصنًا في النار:

- لم أعد أفهم تصرفاتك أيها القائد هومك! لماذا أمرتَ بأن نتخلى عن الجميع وفي اتجاهات عدة؟

هومك:

- هناك أمور مِن الصعب تفسيرها حتى تقع، فهي تحمل الكثير مِن الاحتمالات.

أرما:

- وهل حياة مَن ذهبوا رهن احتمالاتك؟ لن أبقى هنا، سأتبعهم غدًا.

هومك:

- غدًا نبادل الفراء بالسلاح، ثم نقرر بشأنك.

أرما:

- شأني؟! لا أحد يملي عليَّ ما أفعل.

هومك يشدُّ على كتفه:

- ما الذي يحدث لك؟

أرما:

- لا أستطيع ترْك ابنتي وزوجتي هكذا لأيِّ سببٍ كان.

هومك:

- هل نسيَت أنهم في رفقة كيجا أكثر رجالنا صلابة وقوة؟!

أرما:

- سأذهب، وحين تنتهي نحن في انتظارك.

هومك:

- يوم واحد يا أرما، أنا قائدك الذي لم يخذلك يوماً.. أأطلب الكثير؟

أرما ينحني برأسه إلى الأسفل:

- حسنًا، فقط يوم، لا تتراجع في الغد، أرجوك لم أعد أحتمل صوت الأفكار في رأسي.

هومك:

- لكَ ما شئتَ.

صوت قادم من بعيد:

- لقد انتهينا مِن وضع الفراء في الصناديق، ووزعناها حسب ما أشرت أيها القائد.

هومك:

- استعدُّوا جيدًا للغد، وضاعفوا المناوبة الليلة، بقي القليل للحصول على ما نريد.

أرما وهو يتقلب في فراشه، وفي رأسه تتنازع الأفكار بين الذهاب وبين البقاء لجانب قائده، والوفاء بوعده له.. نهض مِن فراشه، وأمسك برمحه، وذهب للخارج.. نظر لرأس رمحه الذي بدا متعرجًا قليلًا، فقرَّرَ أن يبرده؛ كي يصبح مستعدًّا، ثم رماه بعيدًا حتى تذهب الأفكار عن رأسه، وأخذ يتدرب حتى يشغل عقله بشيء ما، وهو مستمر في حذف الرمح واللحاق به، رماه بعيدًا، ثم سمع صوتًا أتي مِن أمامه.. أمعن في النظر حتى خرج شخص يرتدي قلنسوة وفراء من حولها، اقترب ببطء ممسكًا برمحه.

أرما:

- قف، مَن أنت؟

وهو يخرج خنجرًا، ويرفعه في الهواء على مستوى يديه.

صوت أنثوي:

- لا تخف.

وهي ترفع القلنسوة، وإذا بشعرها الأشقر ينسدل على كتفيها:

- سأعيد إليكَ رمحك.

أرما:

- حديثي واضح، سألتُ عن هويتك.

الفتاة:

- أنا ابنة التاجر إدوارد.

أرما بتعجب:

- تاجر السلاح!

الفتاة:

- بل لصُّ كلِّ شيء.

أرما وهو يتأهَّب:

- قفي بدون حراك، أنتِ كاذبة، لا يوجد ابنة تتكلم عن والدها بالسوء.

الفتاة:

- إذا كان أبوها كوالدي، ثم إنني لم أسئ إليه، أنا فقط أخبرك بحقيقته.

أرما بصوت أعلى قوة:

- ماذا تريدين بالقرب مِن مقر قبيلتنا؟ لم يحن وقت البدل بعد!

الفتاة:

- ولن يحِن أبدًا، أبي يكيد لكم بمكيدة، وسيقتلكم جميعًا للحصول على الفراء بدون أخْذ بندقية واحدة.

أرما:

- هل لديكِ إثبات على صحة ما تنقلين؟

الفتاة:

- لقد قلتُ لكَ أنا لا أنقل، أنا فقط أقول الحقيقة.

أرما متسائلًا في داخله:

- كيف توقَّع القائد حدوث مثل هذا الأمر قبل وقوعه؟

الفتاة تقترب، فيومئ لها أرما بالتوقف، وتردف قائلة:

- سأعطيك صندوقًا مليئًا بالسلاح لمقارعتهم غدًا، على أن أنضم إليكم في القتال.

أرما:

- وهل جُنِنْتُ لأقبل بانضمامك؟ خذي الصندوق، وارحلي مِن هنا، ولا تقتربي مِن هذا المكان ثانيًا، وإلا اخترق جسدكِ رمح أحد رجالنا.

الفتاة:

- الصندوق هنا إنْ أردتَّ خلفي بميل.

ورمتِ الرمح بالقرب مِن أرما، وأدارتْ عنه، واختفتْ في الظلام.

عجز

استيقظتْ ريتشي بعد نوم أربع ساعات تقلبتْ فيها كثيرًا، خرجتْ مِن خلف الشاحنة لتجد النار قد رُدِمَتْ مِن الثلوج، استغربتْ، ثم تقدمتْ تنادي زيكاي، ولكن لم يجب، فازدادتْ نبضات قلبها تخفق بشدة، وبخطوات سريعة دارتْ في المكان، تنادي بقلق وخوف، أخذتْ تتقدم وتبتعد دون أن تشعر بذلك، حتى رأت شيئًا يركض مِن بعيد، ولكن لم تكن الرؤيا واضحة تمامًا.. ظنتْ إنه زيكاي، فتبعتِ الاتجاه نفسه.

تحرَّكَ وليام، ونظر إلى جانبه ليرى ذلك الرجل المعتوه في نظره مائلاً برأسه على النافذة.. نادى ريتشي، ولم تردّ، فصرخ في الرجل:

- هي أنت.. استيقِظْ.. استيقِظْ.

بدأ زيكاي يتحرك، ثم فتح عينيه بثقل لينظر إلى وليام وهو يصرخ به:

- ما الذي حدث؟ ما بك؟ أستطيع سماعك.

وليام وهو لا يتحرك؛ كي لا يزداد ألمه:

- أين ريتشي؟

زيكاي:

- إنها في الخلف نائمة، هل تريد مني إيقاظها؟

وليام:

- نعم مِن فضلك.

زيكاي:

- حسنًا، لا تتحرك، فأنتَ لا زلتَ مصابًا.

فتح زيكاي الباب، ونزل إلى خلف الشاحنة.. نادى على ريتشي، فلم تجب، ففتح الباب، ولم يجد لها أثرًا.

تفقَّد مكان النار.. حاول التعرف على آثار الأقدام القريبة منه مع سقوط الثلوج باستمرار تعذر عليه قص أي أثر، ارتفع صوته منادياً إياها ولا جواب.. اعترى وجهه القلق، تساءل أين اختفت! وعاد إلى وليام الذي كان ينصت لصوته، ويزداد خوفًا.

فتح زيكاي الباب، فقال وليام:

- أين ريتشي؟ هل أصابها مكروه؟

زيكاي:

- لا أعرف، لم أعثر عليها.

وليام:

- ما الذي تقصد بأعثر؟ أين ذهبتْ؟

زيكاي:

- ربما تقضي حاجة وتعود.

وليام:

- حاجة! دون أن تخبرنا بذلك! وأين؟! في مكان مليء بالمخلوقات الغربية! لا.. ريتشي لا تفعل مثل هذا التصرف الأحمق.

زيكاي:

- إني لا أعلم.

وليام:

- هل تعرف مكان يُدعَى بالنزل هنا؟

زيكاي:

- نعم.. أعرفه جيدًا.

وليام:

- خذني إليه إذن.

زيكاي:

- وماذا عن ريتشي ؟!

وليام:

- ربما ذهبتْ إلى هناك.

زيكاي:

- هيًّا.. دعني أساعدكَ.

تقدمتْ ريتشي نحو المكان الذي رأتْ فيه شيئًا يركض بسرعة.

كيجا:

- لا تتوقفي أبدًا مها كلَّفكِ الأمر.

مالكا:

- أريد أن التقط أنفاسي، لا أستطيع الاستمرار.

ثم اختفتْ مِن جانبه وهي تصرخ، توقَّفَ كيجا مرتعبًا، ثم عاد بالخطى إلى الوراء، ليرى مالكا في حفرة تحاول الخروج، ويتساقط الجليد ليغطي قدميها أكثر.

كيجا:

- توقفي عن الحركة؛ حتى لا يغطيكِ الثلج بالكامل، هدِّئي مِن روعكِ، أرجوكِ توقَّفي، سأحاول إخراجكِ مِن هنا، لا تقلقي.

ورفع نظره يترقب ذلك المخلوق أن يظهر في أي لحظة، فلم يرَ شيئًا.

جلس في أعلى الحفرة يحاول تهدئة مالكا؛ حتى لا تستسلم وتفزع لمدة تقارب نصف الساعة، ثم قال:

- الآن سأذهب لأجد شيئًا يخرجكِ مِن هنا، تماسكي أرجوكِ

مالكا:

- لا تتركني وحدي، ماذا لو عاد ذلك الشيء؟ أرأيتَ كيف مزَّق راسيس في لحظات؟

كيجا:

- لا يبدو أنه تبعنا إلى هنا.

مالكا:

- هل أنت واثق ممَّا تقول؟

كيجا:

- نعم بالتأكيد.

صوت قادم إليهما ينادي.

ريتشي:

- زيكاي، هل هذا أنت؟ وليام، أين أنت؟

وتتقدم حتى باتت ترى كيجا بوضوح، ينظر إليها بحذر.

كيجا:

- مَن أنتِ يا فتاة؟

ريتشي:

- إنكَ تشبه زيكاي في لباسك، هل تعرفه؟

كيجا:

- زيكاي! ومَن يكون هذا؟

ريتشي:

- إنها قصة يطول شرحها، ما الذي تفعله في هذا المكان؟

كيجا:

- لا شأن لكِ بذلك، وابتعدي، فأنتِ على ما يبدو لي لستِ مِن هنا.

ريتشي:

- ولماذا تخاطبني بازدراء يا هذا؟! نعم.. أنا مِن بلاد مجاورة، وهل هذا يُنقِص مِن قدْري؟!

كيجا:

- نعم.. أنا لا أحب نوعكم السيئ.

ريتشي:

- نوع؟!

مالكا تقاطع الحديث:

- دعها تساعدنا إن استطاعتْ، وأَجِّلْ تصنيفها لوقتٍ لاحق.

كيجا:

- لا.. لن نحتاج لمثلها.

ريتشي تتقدم لترى مالكا، والثلوج تغطي نصفها السفلي:

- إنها تحتاج فعلًا المساعدة، وإلا ستموت مِن البرد في غضون لحظات.

كيجا بصوت صارم:

- ابتعدي.

ريتشي لا ترد على كيجا:

- ما اسمكِ يا عزيزتي؟

مالكا:

- أنا مالكا.

ريتشي:

- مرحبًا، أنا ريتشي، سأساعدك في الخروج مِن هذه الحفرة، لا تقلقي.

مالكا بحماس:

- حقًّا! وكيف؟

ريتشي:

- لديَّ حبل وأشياء نستطيع بها إخراجك، ولكن في شاحنة تبعد بضع خطوات مِن هنا، سأعود لإحضارها.

كيجا ينظر إلى ريتشي بحمق، بينما تقول ريتشي:

- لا تدعْها تنزل أكثر مِن هذا العمق، حاوِلْ ألا ترتكب حماقات حتى أعود.

كيجا:

- ستعودين ولن تجدينا أيتها المتطفلة.

توارتْ ريتشي مسرعةً في الظلام.

مالكا يتمكَّن منها التعب والبرد القارس:

- هلَّا أشعلتَ أيَّ نار؟

كيجا:

- حسنًا حسنًا، حالًا.

ذهب كيجا لإحضار بعض الأخشاب التي تناثرتْ مِن أيديهم وهم يهربون مِن ذلك المخلوق مسرعين إلى هنا، ولكنه شاهد أَعْيُنًا خلف الشجيرات تنظر نحوه، اعتراه الخوف، وقرَّر أن يهرب في اتجاه اختاره على عجالة.

انتظرتْ مالكا طويلًا حتى فقدتِ الأمل مِن أن تنجو، ووضعتْ رأسها إلى الخلف، وأغمضتْ عينيها، وما لبثتْ أن سمعتْ صوت ريتشي وهي ترمي حبلًا:

- تمسَّكي، هيًّا بسرعة، وحاولي القفز عندما أشير لكِ بذلك.

مالكا وهي ترتجف تمسك بالحبل، وتسحبها ريتشي بكل قوة إلى أعلى بمساعدة تثبيت أقدامها برافعة الشاحنة.

قامت بثبيتها في الثلوج حتى استطاعتْ بعد جهد إخراج مالكا، ثم رمتْ لها بمعطف فرو ثقيل على ظهرها، وأعطتها شعلة النجاة بعد أن قامت بإشعالها حتى تشعر بالدفء.

مالكا:

- ما هذه؟ هل ستنفجر؟

ريتشي وهي تضحك:

- هل أُخرجكِ لأقوم بقتلك بسهولة؟ لا.. بالطبع إنها شعلة نحتاجها لطلب المساعدة.

مالكا وهي تبتسم:

- شكرًا لكِ لإنقاذ حياتي، أنا مدينة لكِ.

ريتشي وهي تلتفت، وكأنها تتفقد شيئًا:

- أين صاحبكِ؟ إني لا أراه!

مالكا:

- أردتُّه أن يشعل لي نارًا ولم يعد، أخشى أن مكروهًا قد أصابه!

ريتشي:

- لا عليكِ، حينما تقدرين على الحركة سنبحث عنه.

وبعد لحظات.. مالكا:

- علينا أن نتحرك، أشعر بالتحسن، أتمنى أن يكون كيجا بخير.

وفي مكان ما كيجا يركض، سمع صوتًا يقترب منه، لم يجرؤ على الالتفات إلى الوراء، وفجأة لمح يدًا تهجم على وجهه مِن الأمام، شعر بألم حادٍّ في إحدى عينيه، وتدفق سائل من على خده، ولم يعد قادرًا على الرؤية.. تجمَّد مِن الخوف لتفقُّد وجهه، وضع يده ليراها وقد امتلأتْ بالدماء، ومنعه ألم حاد من ملامسة وجهه، توقَّف المخلوق أمامه ليخطو خطوة بطيئة بعد أن وقف منتصبًا وكأنه بشر.

كيجا وهو يعود للوراء:

- أرجوك، أيًّا ما جئتَ لأجله سأعطيك إياه، ولكن لا تقتلني.

المخلوق:

- نادِني بالجوجام، لم أتِ من أجلك وحدك، لقد أثرت اشمئزازي بضعفك!

كيجا بتردد وخوف:

- حس.. ن.. جوجام! إذن أرجوك لا تقتلني.

الجوجام:

- أنا فقط أريد عينكَ الأخرى وأحشاءَك.

كيجا:

- ولمَ كل هذا؟

وهو يجهش بالبكاء كطفلٍ صغير.

الجوجام:

- ألا تعجبكَ رائحة الموت؟

كيجا:

- لا أرجوكَ.. لا.

الجوجام:

- كيف وأنتم أول كائن ارتكب جريمة لأجل رائحة الموت؟

كيجا:

- عمَّ تتحدث؟ أنا لم أقتل أحدًا، أقصد دون الحاجة.

الجوجام:

- إني أرى هذه الحاجة ظاهرة أمامي.

ثم تقدَّم بسرعه لأحشائه، واقتلعها هي وعينه الأخرى، وصرخ بصوت مرعب هزَّ جميع أرجاء المكان.

والتفت حوله قائلًا:

- أريد أن ينتهوا قبل أن يروا النهار ثانية، فتشوا عنهم في كل مكان، اتبعوا الرائحة التي جئنا مِن أجلها، هيَّا تفرَّقوا أيها الجوجام.

تقارب النقاط

بعد أن قام خافيير والبقية على عجالة نحو الجهاز وهو يعلو صوته بإصدار رنين متتابع.

أمسك خافيير بدفة، وقام بتحريكها يمينًا ثم يسارًا وهو يتابع بعينه الشاشة الخضراء بتقاطع خطوط بيضاء، تأخذ شكل الشبكة، بداخلها نقاط زرقاء تومض باستمرار، وتتحرك غير ثابتة.. رفع يده، ثم توجَّه نحو الأخشاب، وقام بتغميسها في المواد الصفراء، وتوجَّه نحو الممر الضيق.

إنويت:

- إلى أين أنت ذاهب؟

خافيير:

- سأعود، لا تتحركوا.

إنويت:

- المكان يشعرني بالكآبة، أود مساعدتك.

خافيير وهو يلتفت نحوه، ثم يتمعَّن فيه لدقيقة:

- حسنًا.. هيَّا، ولكن أسرِعْ، قم بإحضار شعلة كما فعلت، واتبعني، وإياكَ أن تَخرج عن التعليمات.

إنويت:

- تعليمات! هه.. حسنًا.

خرج الاثنان عبر الممر الضيق، ثم للفتحة في الأعلى نحو باب البيت الجليدي.

إنويت يمسك بيد خافيير:

- لم نسمع أصواتاً منذ مدة، ربما أصبح الخارج آمناً.

خافيير:

- إذا كنتَ تبحث عن الأمان فعُد أدراجك.

إنويت:

- النقاط الزرقاء هي ما تريده؟

خافيير:

- ستعرف بنفسك، لنعجل بالخروج.

يفتح الباب، وينظر في الاتجاهات وفي السماء قليلًا، ويرفع يده نحو الأمام:

- مِن هنا، ولكن بعد أربعة أميال سنميل قليلًا إلى اليسار، ثم سنصِل.

إنويت:

- عود الثقاب الكبير هذا هو سلاحك، مثير للاهتمام، مع عدم جدوى الأسلحة الثقيلة.

خافيير:

- استخدمها في الوقت الصحيح وإلا أصبحت بلا فائدة، كضرب القتيل بعد وفاته.

إنويت:

- متمكِّنة تلك المخلوقات اللعينة! لوهلة صدق عقلي أنها تقتل لمجرد المتعة.

خافيير:

- حذق، ولكنك بطيء الحركة.

يبتسم إنويت ويتبع خافيير في خُطًى متسارعة، يبطئ الجليد الذي يزداد سمكًا مع العاصفة الثلجية مِن حركتهما.

خافيير بصوت عالٍ:

- لنتجه بعد ميل مِن الآن، استعد لأي مفاجأة قادمة.

إنويت وهو يلتفت في كل الاتجاهات في نظرات يخالطها الخوف:

- أنا جاهز.

يسمعان صوت حديث يقترب منهما، ثم تتضح لهما الرؤية شيئًا فشيئًا.

خافيير:

- أوه.. أنتما فعلاً بحاجة للمساعدة.

ساجو وهي تمسك بخيتا بصعوبة:

- إنها تتجمد، أرجوك أسرعْ.

يتقدم خافيير ليرفع ذراع خيتا على كتفه:

- هل تسمعينني؟ تماسكي، لديَّ مكان دافئ بالقرب مِن هنا، فقط بضعة أميال، هيًّا أرجوكِ.

تردُّ خيتا بتمتمة غير مفهومة، ثم تصمت،

فيتَّجه إنويت نحو مالا:

- أهي بخير؟

مالا:

- أتمنى.. كُنَّا في مأمن قبل أن يهاجمنا حيوانٌ غريب.

إنويت:

- اممم.. تلك المخلوقات.

مالا:

- أنا لم أرَ مثله من قبل، أي الحيوانات هو؟

إنويت:

- لا أعرف حقًّا.. مِن الجيد أنكم بخير.

مالا:

- في الحقيقة.. فقدنا اثنين منَّا؛ انشقا لجلب الأخشاب ولم يعودا.. ظهر الحيوان واضطررنا لترك المكان.

يصرخ قافيك فجأة، ويشرع بالبكاء، فيقول إنويت:

- دعيني أحمله قليلًا، كدنا نصل.

مالا:

- لا داعي لذلك.. إنه جائع.

خافيير:

- ساعدني يا إنويت في فتْح الباب.

يتقدم إنويت بسرعة، ويفتح الباب، ويدخل الجميع، ثم يعبرون النفق حاملين خيتا بصعوبة عبره.

أرجم:

- هي بخير؟ يبدو أنها متعبة.

خافيير:

- أطرافها متجمدة، سأعدُّ لها مشروباً ساخناً، هناك في زاوية الغرفة المزيد من الجلود، أحضرها وقم بتغطيتها.

إنويت لساجو ومالا:

- تفضَّلا بالجلوس، لا بد أنكما منهكتان مِن التنقُّل.

تجلس ساجو ومالا محدِّقَتَين في المكان بتركيز شديد، وتملأ وجههما نظرات استنكار.

النزل

وليام وهو يرفع رأسه نحو نزل كبير من الخشب، له نافذه كبيرة في الأعلى، ونافذتان أصغر حجماً في الأسفل في اتجاهين متعاكسين، مغلقة، تتزاحم ندف الثلج لتغطي نصفها. سقفه مثلث بلون الثلوج البيضاء المتراكمة فوقه، ومدخنة أفقية طويلة يتصاعد منها دخان كثيف ليضيع في الهواء ويتبعثر:

لقد وصلنا أخيرًا:

- أشعر أني سأسقط أرضًا في أي لحظة.

زيكاي:

- كف عن عنادك، ودعني أحملك على ظهري، لقد فقدتَّ دمًا، ولمْ تعوِّض سِوَى ببعض الطعام الرديء.

وليام:

- صدقني لو لم أكن أبحث عن أختي لما اصطحبتُكَ معي، ولكن لم أكن لأصل هنا بدونك.

ثم يصمت، ويكمل المشي وهو يتمتم بصوت خفيض: أحمق.

زيكاي باستغراب يهزُّ أكتافه، ثم يتبعه، وتوقَّفا عند الباب، وطرق زيكاي الباب بقوة، ففتحتِ امرأة الباب، ونظرتْ إليهما باستغراب:

- لقد أغلقنا المكان، لا نستقبل أحدًا، اذهبا.

وضع زيكاي يده لإيقاف الباب:

- انتظري، إني أبحث عن فتاة.

تردُّ الفتاة:

- لم أرَ أحدًا منذ أسبوع.

زيكاي:

- حسنًا، دعي هذا الرجل يدخل، إنه مصاب، ويحتاج إلى مساعدة، وإلا سَيَموت.

ثم يُفتَح الباب بقوة، ويظهر رجل طويل القامة وضخم، ذو شعر كثيف وشارب طويل:

- فقط ليوم واحد، ثم ترحلا مِن هنا، هل هذا واضح؟

زيكاي للرجل:

- حسنًا.. شكرًا لكَ.

يقترب الرجل مِن وليام، وينظر في وجهه؛ ليفحص ملامحه ويبتعد.. يضع الخشب في المدخنة قائلًا:

- إذاً تاجر أسلحة أيها الغريب؟

وليام:

- أُدْعَى وليام، نعم.

الرجل:

- أظنك جديد في السوق؛ لأني أعرف كل التجار الذين يأتون إلى هنا باستمرار.

وليام:

- هي المرة الأولى، ويبدو أنها ستكون الأخيرة.

يلتفت الرجل وينظر إليه:

- نعم ستكون كذلك.

يشعر وليام بالخوف يدبُّ في داخله، فقد اعتاد أن يقول الكلمات بغضب وانفعال دون أن يقصد معظمها.

زيكاي يقاطعهما:

- رأيت أدوات في الخارج لقطع متفرقة لمزلاج.. أتصنعها لنا يا سيد...؟

الرجل:

- قاميلر.

زيكاي:

- حسنًا يا سيد قاميلر.

قاميلر:

- صحيح، لديَّ الكثير منها في السرداب أسفل النزل، أصنع منها للزوار، وأبيعها أو أؤجِّرها لهم.

زيكاي:

- جيد، أريد واحدة، ولكن لا أعرف كيف أدفع لك المال؟ فأنا فقدتُّ كل ما أملك.

قاميلر:

- خذ ما تشاء غدًا، لم أعد في حاجة إليها على أي حال.

وليام يتفحص المكان بنظرة سريعة:

- كيف يمكنني البحث عن فتاة ربما تكون تائهة هنا؟

قاميلر ينظر نحوه، ثم يكمل تنظيف بندقيته، فتردُّ الفتاة:

- تحمل قطعة الجلد هذه المعالم الواضحة في المنطقة، بيد أن المكان واسع جداً، ومليء بالمعوقات والمخاطر، فلا أعتقد أنها ستصمد أكثر من ليلتين.

وليام:

- لا عليكِ، سأحتاج لمثل هذه المعلومات فقط.

زيكاي وكأنه تذكَّر شيئًا للتَّوِّ:

- نعم، فرانك.. هل أتى إلى هنا رجل يُدعَى فرانك؟

وليام وهو يسند ظهره على الأريكة:

- إنهم لم يروا أشخاصًا منذ سبعة أيام، وفرانك افترق عنا قبل أربع ليالٍ فقط.

يصمت الجميع بينما تُحضر الفتاة لهما الطعام، وحينما فرغا مِن الأكل أخذتهما الفتاة إلى الطابق العلوي ليناما.

وليام لزيكاي:

- ألم تخبرك ريتشي بأي شيء وأنا نائم؟ فقد نستطيع بأي كلمة أن نخمِّن ما تفكر به.

زيكاي:

- حديثها اقتصر على هذا المكان، وقصة عبوركما الحدود مع المدعو فرانك.

يقاطعهما صوتُ ضربة قوية تهز أركان المنزل، فيقفزان ويتوجهان بسرعة نحو الأسفل.. يلوح لهما قاميلر بالاستلقاء والهدوء، ويقترب مِن النافذة، ثم يعود:

- هه.. مجرد ثلوج سقطتْ مِن سقف المنزل.. يجلس بالقرب مِن المدفأة.

زيكاي وهو يُسند وليام للنهوض:

- إذن تعرف بأمر تلك المخلوقات!

قاميلر:

- الجميع بات يعرف الآن إن كانوا أحياء.

زيكاي:

- تعرضت أنا ورجال قبيلتي لهجوم، سقطوا على إثره ما عداي، نجوت بأعجوبة. آمل ألا نتعرض لهجمة مماثلة مستقبلاً.

قاميلر ينظر إلى وليام، وبالتحديد يده:

- مِن حسن حظه أنه نوع رديء، وإلا لما استطاع النجاة مثلك.

زيكاي في استغراب:

- ماذا تعني برديء؟

قاميلر:

- اسمعا، ما سأقول قد يتراءى لكما ضربًا مِن الجنون، ولكن تلك هي الحقيقة، هذه المخلوقات تتحدث بلغتنا، وتعرف كل شيء

وليام:

- إنه مصاب بهلوسة العزلة.

قاميلر:

- احتفظ بكلماتك لنفسك.

زيكاي ينظر إليهما:

- لا عليك، أكمِلْ، فالحديث ليس بثمن.

وليام:

- رجل غبيٌّ آخر بدأ يصدِّق الخزعبلات، وكيف لي أن أستغرب وأنتما مِن نفس المكان وربما المنشأ؟!

زيكاي يشتاط غضبًا، ويوجه لكمة قوية تطيح بوليام الذي نهض بسرعة، ورمى بجسده على زيكاي، ولكن لم يستطع أن يجاريه، فقذفه زيكاي مِن فوقه وهو يقول له:

- احترم جسدك، الذي بات ضعيفًا على عكس لسانك.

فذهب وليام يأخذ بيده الأخرى سكّينًا قد رآه على طاولة المطبخ، وعاد يركض نحو زيكاي، فوضع قاميلر يده، وثبَّتَ يد وليام، وقذف بالسكّين أرضًا، وقال:

- اذهب إلى الأعلى، وتوقَّفِ عن مثل التصرفات يا هذا.

وليام بغضب يعود أدراجه، ولكن نحو الباب الرئيس للنزل:

زيكاي:

- توقَّف.. لا تذهب.

قاميلر:

- دعه، هو هالك لا محالة.

زيكاي:

- حتى و نوعه رديء؟

قاميلر:

- قبل أسبوعٍ مِن الآن كان النزل مليئًا بالزوار عندما هاجمتْنا هذه المخلوقات، لاحظتُ وكأنها تنتقي مَن تقتل أولًا، ذهبتُ أنا وابنتي إلى الطابق السفلي، حيث أقوم بصنع الزلاجات، وانطلقتُ خارجًا أملًا في أن المخلوقات تلك لن تلحق بي، ولكن وفي لمح البصر اعترض طريقي إحداها فتسمَّرتُ مكاني أحدِّق بها بعينين مفتوحتين، وإذا بها تتحدث نوعًا رديئًا ينتج نوعًا رديئًا بالطبع، فتحدَّثتْ ابنتي ولا أعرف إذا كان مِن شدة الخوف أم أنها فقدتِ الشعور للحظة، فقالت: كيف لك أن تتحدث؟ هل أنتم بشر؟

فردَّ وهو يجلس في الهواء: لا.. نوع أفضل بالتأكيد، ثم اختفى فجأة، وأكملنا الطريق، وإذا به يظهر مرة أخرى أمامنا، ولكن إذا نفد كل ما هو جيد ستنفد أيامكم

معه، وعاد وتلاشى وكأنه مثل الهواء أو أخفُّ، وحينما أدركتُ أننا هالكون قررتُ العودة للنزل، وانتظار حدوث معجزة.

زيكاي:

- لا يبدون لي كشياطين.

قاميلر:

- لا.. فَهُمْ ظاهرون، ولكن سِراعٌ، إذا أرادوا اقتناص شيء ما، وبطيئون إذا أرادوا التأمل، لا أعرف، ولكن أعتقد أنهم ليسوا بالعشوائية التي نعتقد.

زيكاي:

- تقصد أن هناك مَن ينظمهم ويحركهم كيفما شاء.

قاميلر:

- لا أعرف أنا حقًّا، لا أعرف، لقد أخبرتُكَ بما حدث.

زيكاي:

- هل يعني هذا أننا جميعًا هنا نوع رديء؟

قاميلر:

- بالفعل إننا كذلك.

ليلة الدم

هومك ورجاله حوله ينتظرون قدوم تجار الأسلحة للتبادل وهم في أتمِّ الاستعداد.

يقترب إدوارد ورجاله على زلاجات تجرُّها الكلاب حتى اقتربوا مِن المكان، فترجَّلوا وأكملوا نحو المخيم سيرًا على الأقدام، وما إن أصبح إدوارد وجهًا لوجه أمام هومك حتى حيَّاه الأخير بانحناء بسيط، فردَّ إدوارد بإيماءٍ خفيف، ثم أشار لرجاله في الخلف لجلب الصناديق نحو الأمام.

فأدار هومك نحو رجاله، وجلبوا الصناديق أيضًا، وما إن وُضِعَتْ في المنتصف بينهما حتى تحدَّث إدوارد قائلًا:

- يجب أن تروا السلاح أولًا، ثم نرى نحن الفراء، ويقوم كلٌّ مِن رجالنا بتبديل الصناديق في حال الموافقة.

نظر هومك نحو أرما نظرة سريعة، وعاد ليؤكد لإدوارد بأنه لا يمانع ذلك.

فُتِحَتِ الصناديق، وبدأ وابل الرصاص مِن الطرفين، حيث أشار هومك بالبدء في حركة مفاجِئة للخصم، والاختباء خلف البيت الجليدي والهضاب الصغيرة التي كوَّنتها الثلوج في أنحاء متفرقة.

أصيب إدوارد بطلق ناري في كتفه، ممَّا دفع رجاله للتقدم أكثر لإصابة هومك بأي ثمن، وهنا اجتاحتْ موجة سوداء المكان مِن الأعلى حتى توقف الجميع يحدقون في ماهية السرب المهيب الذي باغتهم للتو. تطايرت الجثث مثل رماد نار حركته رياح

ليلة باردة. أشار هومك لأرما ورجلين مِن رجاله نحو بيته، وتحرَّك الجميع وهم يجْرون بسرعة نحو الباب.

طار الرجل الأخير بسرعة، وكأن شيئًا انقضَّ عليه، وتمكَّن الثلاثة مِن الدخول وإغلاق الباب، أسرع هومك نحو سريره، ورفعه إلى الأعلى، وسحب بابًا يؤدي نحو غرفة تحت المنزل، ودخل الثلاثة إلى هناك في انتظار انتهاء هذا المشهد المروّع.

أرما وهو يلتقط أنفاسه:

- لمحت أنياباً ضخمة ومخالب.. لا.. ليست مجموعة من الذئاب.. غريب التشابه بيننا.

هومك:

- ليس غريبًا أنها تشبهنا بالفعل، ولقد ظهرتْ وأنا ابن عشرة أعوام، ولكن كانت في أعداد أقلَّ مِمَّا هي عليه الآن.

أرما:

- ما الذي تتحدث عنه؟

هومك:

- تلك القبائل تدعى بالجوجام، سمعت الكثير عنها من قبيلتي آنذاك، حيث خروجها لأول مرة وإطاحتها ببعض الفصائل هنا في الشمال بطريقة غامضة. سُمّيت بالدماء الجديدة، أو خلفاء البشر في الأرض. قيل بأنها يوماً ما، حين يظهر نجم في السماء لا يلحظُه أحد، ستستبدل البشر في طرفة عين من الشمال المتجمد نحو جنوبه، ولكن لم أتوقع أن يحدث ذلك قريبًا.

يجلس أرما ويحدِّق في الرجل، ثم يكمل هومك في ذهول يخالطه شكٌّ حديثه:

- فليتنا نختار النهاية دومًا، بيد أن الحقيقة مُرَّة، وترفض العقول تصديقها، بل تستبعدها في كثير مِن الأحيان حتى تقع، لا يمكننا ببساطة تنبُّؤ متى ستكون النهاية، وفي أي أرض، وكيف ستحدث.

أرما:

- أنا لا أفضِّل الجلوس في انتظار ساعتي حتى تحين، لستُ مِن هذا النوع، ببساطة جلّ ما أفكر فيه الآن زوجتي وابنتي، وهما هناك في الخارج.

هومك:

- انتظر، لا تستطيع الآن الخروج، ليس قبل ليلة أو اثنتين.

أرما:

- وما الفارق؟

هومك:

- لن تأتي وتسعى للنيل منك وأنت وحيد وتترك الجماعات الأخرى؛ فهي تكره أن يكون الناس في جماعة كبيرة، لا شك في كون القبائل تشكل لها تهديداً، وتمهل إذا خرجتَ الآن ربما تكون في الجوار ولم تبتعد.

أرما:

- هل رأيتَ كيف تتحرك بسرعة؟ أم أنني كنتُ واهمًا؟

هومك:

- أعرف أنها أسرع مِن البرق حين يضيء، هذه الكائنات لا تتحرك بعشوائية، على الأقل هذا ما أعرفه عنها.

أرما:

- وكيف لم تقضِ على البشر حين خرجتْ وأنت صغير؟

هومك:

- كانت أعدادهم قليلة، لقد كانوا قرابة العشرة، وبالرغم مِن أنهم لا يموتون بأي سلاح كما أذكر إلا إنهم انسحبوا في وادٍ بين الجبلين، ولم نرهم بعدها.

أرما:

- إذن تكاثروا هناك عبر تلك السنين؛ لأني أرى سحابة سوداء غمرتْنا أثناء القتال.

هومك:

- بالتأكيد.

أرما وهو يتقدم نحو هومك، وينحني أمامه:

- حسنًا، لقد فهمتُ الآن ماذا يدور في خلدك، سامِحْني أيها القائد، لقد امتلأ قلبي بالغضب، وشككتُ في نيَّتك، فلتغفر لي عِظَم خطيئتي، لقد كنتُ أحمقَ بالفعل.

هومك يضع يده على كتف أرما:

- بل أظهرتَ لي عِظَم الوفاء وأخلاق الرجال، فبالرغم مِن أنه قد ساورك الشك، إلا إنك وقفتَ إلى جانبي حتى آخر لحظة، كلانا يدفع بدمه مقابل سلامة القبيلة.

الرجل يلتفت نحو الباب العلوي للغرفة ويتحرك نحوها.. فيقول هومك:

- توقَّفْ.. إلى أين أنت ذاهب؟

الرجل:

- دعني أيها القائد أبحث عن رفيقي، أريد أن أراه؛ اللعنة على أولئك الحمقى.

هومك:

- حمقى! ألم تعِ ما قلتُ للتوِّ؟!

الرجل:

- بلى، لن أتأخر.

هومك:

- لا تدع الحزن يوثّق راحتيك، وثق بي، لن تنفعك رؤيته بمنظر مرعب، وابقَ على صوره نقية له في ذاكرتك.

الرجل:

- ولكن أريد أن أوقن أنَّ ذلك حقيقة.

هومك وهو يتقدم نحوه:

- نعم حقيقة، وشيء لا يستهان به.

الرجل:

- إذن نحن هالكون لا محالة. وهو يركض نحو الباب ويخرج.

يلتفت هومك نحو أرما:

- لا نستطيع إنقاذه، في النهاية هو من يحدد قراره.

أرما والحزن ملأ وجهه:

- قرار صعب وشجاع.

هومك:

- بل جبان.

أرما باستغراب:

- ولمَ جبان؟ لقد جابه الموت دون تردُّد.

هومك:

- وحده الجاهل من يحسب بأن الانقضاض على الموت شجاعة، تفضيله الطريق الأسهل لا يعني بالضرورة شيئاً سوى خوفه الشديد من عدم السيطرة على نفسه وضعفه وليس الاستسلام والخنوع لها.

أرما:

- الانتظار مرهق، صورتهما لا تفارقني، ماذا لو أصابهما مكروه؟ أثق بعقل مالكا، من حسن حظي أنها تشاطرني الهدوء والتأني في الإقدام على أمرٍ ما.

هومك:

- ما إن تنقضي الليلة بشرورها حتى نقص أثار البقية، كيجا يبذل قصارى جهده. أتمنى أنه استطاع على الأقل بلوغ الكهوف.

أرما:

- أيها القائد، هل كان لديك أبناء؟ لقد سمعتُ أنَّ عائلتك لقيتْ حتفها وأنت صغير؟

هومك:

- عائلتي كانت صغيرة جدًّا، محصورة في أمي فقط، لم يكن لديَّ أبناء؛ إذ إني لم أرتبط بأحد.

أرما باستغراب:

- حقًّا!

هومك:

- كانت لي عائلتي الوحيدة، وبقيتُ أحارب مع قبيلة ليست بقبيلتي الأم لسنوات، حتى سمح لي بتكوين قبيلة أرأسها.

أرما:

- وكيف سمح لكَ بذلك؟

هومك:

- بعد أن خضتُ أربعين حربًا بين القبائل وبين تجار الأسلحة، وقُلِّدتُّ هذه القلادة التي ترمز إلى الحكمة في إدارة الحرب، صُنِعَت مِن ناب الذئاب البيضاء،

سمح لي آنذاك بتأسيس قبيلتي مِن بعض الرجال الذين اختاروني قائدًا، ونزحوا معي إلى وادي الجبلين.

أرما:

- حينما كنت صغيراً، أتذكر بوضوح الشغف الذي تملَّكني وأنا أراقبك خلسة أثناء تدريبك لبعض الرجال أساليب القتال بالرمح، ظللت أحاول بعصا أن أصيب شجرة دون أن أخطئ، ألوح كما تفعل.. هناك ما يميزك عن غيرك صدقني، ممتن لكونك قائدي.

هومك:

- لا يُعد القائد كونه في أول الصف، بل بتجليه في الذود عن ذويه، ووضعهم نصب عينيه في كل خطوة يخطوها، ولن يكتمل كل هذا إذا لم يكن له ساعد تنحني به الرماح، تصيب في كل مرة يوجهها نحو الهدف، مثلك تماماً يا أرما.

أرما:

- ولكن كيف فقدتَّ أمك؟

هومك:

- إنها قصة طويلة جدًّا.

أرما:

- إني لا أستطيع أن أنام حتى أرى ابنتي وزوجتي.

هومك:

- ولكن يجدر بنا أن نرتاح قليلًا حتى نستطيع شقَّ الطريق في الثلوج؛ لأن رحلة البحث ستكون صعبة، وستأخذ أيامًا.

أرما:

- إذن أخبِرْني حتى نستسلم للنوم، فقلقي لن يدعني بسهولة.

يطلق هومك زفيرًا قويًا قائلًا:

- بالرغم أنها كانت منذ سنوات إلا إنني حين أتذكرها كأنها كانت ليلة البارحة، وكأن الألم كان قبل قليل، ما أذكره، بل ما لا أستطيع نسيانه حتى لو أردت؛ أنني نشأتُ أنا وأمي في قبيلة صارمة وشديدة في كل شيء، وفي يوم مِن الأيام خرج والدي في رحلة صيد ولم يعد، تلك الليلة تُعرَض مثل طيف ضبابي أمام عيني ببساطة لم أرى فيها دموع والدتي مر مثل أي يوم عادي وثقيل حَزِنَ الآخرون، وقاموا بالنياح والصياح، أحدث فيهم موته جرحاً لا يندمل، دفَعني ذلك لسؤال أمي:

- لماذا لا أشعر أنكِ حزينة؟

لم تردَّ والدتي، وأكملتْ حياكة الجلد وأصابعها تدمي مِن شدة البرد، خرجتُ غاضبًا على أبي الذي لم يعدْ، تجرعت ألم فقدانه في مثل هذا العمر وحدي. كان هناك تجار يأتون إلى القبيلة بين الحين والآخر، فتعلق قلب أمي بأحد رجال هؤلاء التجار. بدأت أمي بمواعدته في مكان بعيد مِن منطقة تواجد القبيلة حتى لا يراهم أحد، وما تخشاه بشدة يقع؛ رأتهم ذات يوم امرأة، لا أعلم كيف وصلتْ إلى هناك! يبدو أنها كانت تتبع أثر أمي عن عمد، فرجعتْ وأخبرتْ قائد القبيلة، نادوا بقطع رأسها بأداة بدائية غير حادة، أفواههم ملأى بالشتائم والكلام القبيح.

أُحضِرَتْ أمي أمام القائد وهي مقيَّدة، فركلها القائد بقدميه، هرعتُ كي أعيد تلك الركلة إلى وجهه، قفزوا لتثبيت يدي وأشبعوني ضرباً وشتماً يا بن الفاسقة، أنتما عار، وجب علينا غسله بالدم، فحكم القائد علينا بالنفي لمنطقة الدبب الرمادية، وهي أخطر مكان هنا؛ حيث إن قطع رأس أمي يعد رأفة على حدِّ قوله، والموت البطيء والمؤلم هو كل ما تستحقه، فخرجنا مِن القبيلة نحمل مؤنة تكفي فقط لثلاثة أيام وضعتْها عجوز في حقيبة أمي رحمةً لعلَّنا ننجو، ونجد أشخاصًا آخرين.

انقضى أسبوع ونحن نأكل فيه بشحٍّ؛ كي لا ينفد لدينا الطعام، استقرينا بأحد الكهوف الجبلية، تعمَّقنا داخل جوفه لنقي أجسادنا لهيب البرد.

علم هذا الرجل بما حدث لأمي، وظلَّ يبحث عنَّا حتى صادفتْه أمي وهي تبحث لي عن طعام، فوفَّر لنا الطعام، وساعدنا أن نعيش لشهور، وحين قرر العودة إلى بلاده، رأيتُ أمي تبكي دمًا وبحرقة لم أرها مِن قبل؛ أخبرها أنه لن يعود، ولن يستطيع أن يأخذنا معه؛ لأن لديه هناك زوجة وأطفال، وبعد رحيله، عاودتُّ سؤال أمي:

- حزنتِ لرحيل هذا الرجل ولم تحزني لوفاة أبي؟

فردَّتْ أمي عليَّ بسؤال آخر:

- بماذا شعرتَ حين ركلني القائد على وجهي؟

فأجبتُ قائلًا:

- بالغضب، حتى إنني تمنيتُ أن أقتله بيديَّ العاريتين.

هزت رأسها بامتعاض:

- لقد كان والدك يفعل بي ما هو أشدُّ مِن ركلة القائد.

ألجمتْ كلماتها لساني، ولم أستطع تفسير ما أشعر به تجاه أبي، حنقت حتى تدافع الدم نحو رأسي، اختلطت عليَّ الأمور، هما قطباي، يمزقني انقسامهما، يتغلب عليك نداء الطبيعة في لحظة تأبى فيها الاختيار، تميل بلا تردد إلى وطنك، ملاذك الآمن من كل سوء قلب أمك، عروقك الصغيرة اتسعت لجريان دمها الذي أصبح مع مرور الكثير من الوقت دمك، أي أنت. رميت نفسي في حضنها وانفجرتُ باكيًا، ونمتُ وأنا لم أستطع تهدئة نفسي.. غلبني التعب ممَّا شعرتُ به في قلبي تلك اللحظة.

بمرور شهر آخر، باتت مسالة التأقلم في العيش بالكهف أمر في منتهى البساطة مقارنة بحجم تكتل العواصف الثلجية المتراكمة على فوهته، والتي تتطلب إزاحتها

أياماً وأحياناً عدة أسابيع. كنت أتمعن في معظم الليالي وجه أمي، وألهاب النار المتراقصة تضيء في عينيها، هناك حيث يخبو نور الحياة تدريجياً، وما إن تنظر إلي وتمسح على رأسي وتبدأ سلسة الاعتذارات التي لا أفهم معظمها، ولم تكن تشغل حيزاً من تفكيري، فأجدها مثل الغريق الذي يتلمس الماء طمعاً في قطعة خشب كي يطفو، رغم شعوره بخفة وزنه إذا ما قورن بحجم المحيط الهادي. هي رغبة الحياة العنيدة من أجل بلوغ مرام الهدف قبل فوات الأوان، تلمع دوماً بين ركام بقايا الروح المهترئ للموت بطريقة مريحة أقل رعباً وألماً، أكثر استسلاماً ومتعة. بدأ المخزون ينفد، فخرجتْ أمي وكان هذا في أوائل أيام الشتاء، حينما تتساقط الثلوج بغزارة مكونة طبقات هشة تغطي بها الأرض، سمعت صوت قهقهة في مقدمة الكهف، وخرجتُ مسرعاً نحو الخارج لأرى أمي تقف أمام دبٍّ ينوي مهاجمتها وهي تلوح برمح في الهواء بحركة دائرية، وتعلو ملامحها علامات الانفعال. صرخت بها لتعود إلى الكهف.. ردَّتْ أنه سوف يلاحقنا إلى الداخل، ويتمكّن منّا؛ إذ إن الكهوف مأوًى لها في الشتاء، وطلبتْ مني أن أعود، ولا أخرج أبدًا مهما حدث.

لم أستمع لكلامها في بادئ الأمر، إلا أنها صرخت بشكل جنوني، فركضتُّ نحو الداخل، وبعد لحظات عادت أمي وحالها يرثى له؛ فقدت إحدى ذراعيها، وتشققت ثيابها من كل جنب. ضغطت بيدها السليمة على مكان الجرح.. كان الدم يتدفق مثل غليان ماء. خرَّت أمامي وسقطت على الأرض، لوهلة توقَّف عقلي عن كونه عقلاً تحول إلى قطعة بالية في عراء مشمس. أمسكت بها، حاولت جاهداً إيقاف النزيف، ولجهلي وصغر سنِّي لم تثمر تلك المحاولات بأي نتائج. تنهَّدت وصوتها يرتعد من شدة الضعف:

- لا تبقَ هنا يا بني، اذهب نحو الجنوب، ولا تقف، ولا تستلم للخوف، فقط أكمِلْ.

وصمتتْ فجأة.. حركْتُ أمي، ولكن دون جدوى.

بقيتُ يومًا كاملًا وأنا محتضنها حتى فكرتُ في حتمية الموت، هاتان العينان دوَّنتا ذكريات لحظاتي الأولى، لتبقي على أمل في الحياة، والانصهار في مجتمع يرفضها باستمرار.. يلفظها في فضاء الكون وحيدة، يراهن عليها بالموت في مدة أقصر.. تقاوم تلك الرغبات الحقيرة حتى يتكسر في عينيها الخوف من أي شيء، لتقف شامخة أمام أكثر ما يرعبها، تدور غمار الحرب بلا تكوين جيش. ماذا لو فقدت كل أعضائها؟ لا يهم كل ذلك، لا يهم ما دامت خلَّدت ذكراها بطفلٍ مثلي أنا، هومك، وأوزعتني بأن أكون عدلاً إذا ما مال الناس عن الحق. تمكنت منه، نعم، انتصرت، ولم ينل إلا من يدها. وضعت أمي آخر سطرٍ في حياتها. إنها عائلتي الحقيقية حتى ولو لم تعد هنا، لا زال جزء منها يعيش بداخلي.

أكملتُ طريقي، وسقطتُّ عدة مرات، وكنتُ آكل الأوراق التي تغطيها الثلوج، وألتهم الثلج لحاجتي للماء، وكدت أموت مِن شدة البرد، وحين استسلمتُ وسقطتُّ على الأرض استيقظتُ على صوت رجال، ثم وجدتُّ نفسي في خيمة دافئة، وأمامي عجوز هي مَن ربَّتْني حتى غدوتُ شابًّا وهي القبيلة التي احتضنتْني، وشاركتُ معها في الحروب.

أرما:

- وحدها الظروف القاسية هي من تصنع الإنسان الحق. ويقف ليحتضن قائده.

لسنا كذلك

أصوات تحاوط النزل، تهاوت الضربات متلاحقة أكبر من أن تأتي من قطرات مطر على السطح.

خرج زيكاي وقاميلر بسرعة، وشاهدا وليام محاطًا بأعداد هائلة مِن الجوجام، ويصرخ في حالة هستيرية:

- اقتلوني، لا تقفوا هكذا أيها الجبناء المسوخ الغبية.

حاول زيكاي التقدُّم، ولكن قاميلر وضع يده لإيقافه في إشارة منه للانتظار.

اقترب مِن وليام فرد مِن الجماعة، وبإصبع مرَّره على ساق وليام حتى سقط يصرخ مِن الألم والخوف معًا. استيقظ مِن حالة الجنون التي سيطرت على عقله قبل قليل، وشرع بطلب المساعدة:

- زيكاي.. زيكاي.. أرجوك أنقذني، افعل شيئًا.

ولكن قاميلر أمسك بزيكاي:

- لا تفعل، لقد فات الأوان، إنه في عداد الأموات.

وسرعان ما انطلقت أسهم مِن نافذة النزل العلوية نحو الجماعة التي تحيط بوليام لتخترق أجسادهم، دون إحداث أي أثر، فالتفتوا بسرعة، وفي غمضة عين قفزوا إلى النافذة، وسحبوا الفتاة، وحلَّقوا بها بعيدًا وهم يقفزون حتى اختفوا عن الأنظار وسط أفواه لجمتْ ممَّا حدَث للتوّ.

قاميلر دخل لالتقاط بندقيته، وعاد ليركض خلفهم، وهو يطلق رصاصات عشوائية، سحب البندقية زيكاي، وأخذ يجرُّه نحو الخلف، فسقط وانفجر باكيًا بحرقة.

- ليس الأمر كما اعتقدتُّ، لقد كنتُ مخطئًا مخطئًا.

زيكاي:

- لم تكن مخطئًا، هم يعبثون بنا على الرغم من أننا جميعًا بالنسبة لهم أموات، لحتمية هذه الحقيقة فضَّلوا أن تكون مسلية على كونها مرعبة، إنكَ على حق فيما تقول، هؤلاء المسوخ يمتلكون عقولًا، إنهم يفكرون.

ثم تذكَّر وليام، وجرى نحوه بسرعة، حيث كان مستلقيًا يضحك ويبكي كالمجنون وهو ممسك بقدمه:

- مجرد خدش ليس بالعميق ذلك الحقير المجنون.

يمد يده زيكاي ويساعده على النهوض:

- يجب أن نغطي جرحك، ونهتم به.

ينظر وليام لقاميلر:

- هل نتركه هكذا؟ أستطيع أن أكمل إلى الداخل وحدي. اهتم به، أتمنَّى ألا يفقد عقله.

زيكاي:

- أمتأكد؟

وليام:

- نعم، فقط أحضِرْه إلى الداخل.

اتجه زيكاي نحو قاميلر الذي قام مسرعًا مِن مكانه، وعاد إلى النزل، ثم تبعه زيكاي ووليام.

أكمل قاميلر نحو القبو، ثم أخرج مزلاجة كبيرة نحو الباب، وبدا وكأنه يستعد للذهاب.

زيكاي لوليام:

- لن نتركه هكذا! ما ينوي فعله جنون!

وليام:

- لا زلت تجهل ما يخطط له لتبدي رأيك؟ مِن فضلك اسمعه أولًا، ثم إن هذه ابنته، لن يتركها هكذا لمجرد أنه خائف.

زيكاي:

- شخص غريب! حاصروك ورأيتَ ما يمكنهم فعله، هل تعتقد أننا نستطيع هزيمتهم؟

وليام:

- صحيح، رأيتُ مدى قوتهم، لا تغفل عينك عن نقاط الضعف، إن سعينا لمعرفتها سنقلب الطاولة بالتأكيد.

زيكاي:

- أشكُّ في ذلك.

وليام:

- بالغ في الشكوك حتى تقود إلى هلاكك، ودعنا نساعد قاميلر، ونكمل البحث عن ريتشي في طريقنا.

زيكاي:

- إذن نحن أصدقاء الآن.

وليام:

- لن نكون، ولا حتى أعداء.

يضحك زيكاي وهو يربت على كتف وليام:

- يا لعنادك! ألا يوجد في كتلة الحجر تلك (مشيراً إلى صدره) مكان للغفران؟

يبادله وليام الابتسام:

- هيَّا بنا.

جوجام

مالكا:

- كل الطرق متشابهة.. بيضاء.. جامدة.. لا تعبر سوى عن الفراغ.

ريتشي تقترب منها، وتمسك بكتفها:

- لا بد أنكِ مرهقة؛ لذلك يصعب عليكِ التمييز.

مالكا:

- لا تستهويني كثرة التجول، أعرف منطقة الشجيرات؛ لحاجتنا لأعشاب من حين لحين.

ريتشي:

- فرانك أشار لنا بوجود نزل بالقرب من هنا، للأسف لم أحدد الاتجاه المناسب بعد، من الصعب البقاء في العراء وفقاً لمثل هذه الظروف.

مالكا:

- نزل! لم أسمع عنه مِن قبل، لقد كانت وجهتنا الكهوف، وكيجا وحده تولى مهمة إيصالنا إليها، هو يعرف الطرق والمناطق كلها.

ريتشي:

- لا مانع لديَّ لنبحث عنه.

مالكا:

- ربما يكون في مأزق، ليس مِن عاداته أن يتأخر أو يتيه.

ريتشي:

- مالكا!

مالكا:

- ماذا هناك؟

ريتشي:

- أمر غريب، ثياب غارقة تحت أكوام الثلوج هناك!

مالكا:

- أين؟

ريتشي:

- تحت أقدامك مباشرة.

مالكا:

- أوه! نعم صحيح.

تبدو... وتبعد الثلوج عن الثياب بيديها، فجأة تطلق صرخة بصوت مرتعد، وتتراجع إلى الخلف.

ريتشي تقترب:

- ما بك؟ إنه.. إنه بشر، ما هذا؟ يا إلهي!

مالكا:

- ككيجا.. يا للهول.. قلادته.

ثم يظهر في السماء سرب أسود وكأنه يطير في حركة سريعة، وصوت فتاة تصرخ:

- ليساعدني أحد أرجوكم.

ثم يهبطون بالقرب مِن تواجد مالكا وريتشي، فيقول أحدهم:

-ضع لها نصبًا، ودعنا نقتلها بالسهام التي كانت تصوّبها نحونا تلك المعتوهة.

ويردُّ آخر:

- هذا يعارض ما نقوم به كجماعة، منذ متى بدأنا نتسلّى بقتلهم وننسى ما جئنا من أجله؟! القتل مقابل جودة عقولهم أولًا، تشابك أفكارهم وعملياتها المعقدة في التركيب.. سلاحهم الذي يتفوقون به على كل الكوارث.. سئمنا من سيطرتهم.. إغراقهم للكائنات الأخرى وجعلها تليهم في سلم الترتيب، تعطيلهم يبدأ بعقل نخشاه كثيراً، وبدون تعب نسقط البقية، التابعين وأتباعهم، فنحتل الكوب بأكمله؛ حتى لا يبقى أثر لأي جنس بشري.. هي أرض الجوجام.. عصر الدماء المتجددة.. ملك الخلفاء الأوائل القادمين من باطنها، وملك لنا.

- لا تكثر مِن الهراء، ودعنا نقُم بهذا كيفما شئنا، المهم أننا نؤدي المهمة المطلوبة.

- أحمق! أراهن بأن دماءَك قد خالطها شيءٌ بشريٌّ عفن، أنت بذلك تزيد مِن مدة بقائهم على الأرض، وهي ثلاثون ليلة للأرض أجمع، وليس فقط الشمال.

- ما المانع من التلاعب بهم، دع المدة تزيد عن ذلك، ألا تلاحظ أننا نفوقهم قوة؟!

- ويفوقونا هم بالعدد، هل اقتنعتَ؟ إنك غبي!

- في خمسة عشر يومًا سنكون قد عادلنا الكفَّة.

- ولا حتى الربع أيها الغبي المتعجرف، نفكر بطريقة لإغراقهم وإشعال النيران، حتى نقلب مسألة الأعداد لصالحنا شريطة أن نقصي مِن أدمغتهم تتفوق على كل شيء؛ لذلك نحن في حاجة إلى الوقت أكثر مِن القوة.

- ومدة الشمال هي سبعة أيام فقط، وكل اتجاه له نفس العدد.

- أنت تفقدنا المتعة يا هذا.

- سأقصيك إذن عن القيادة.

- ومَن تكون أنت، ها؟

يتدخل طرف ثالث بينهما:

- توقَّفَا، الوقت ينفد، لا طائل من مجادلة تمتد لخمس دقائق، لدينا هدف، ونحن جميعًا نسعى لتحقيقه.

ثم يتقدم نحو الفتاة، ويقتلها فورًا بغرس أنيابه، وخلْع رأسها، وقذفه ليعلق في كومة جليد.

- رديئة كما هو حال الأغلبية هنا.

وسط ذهول ريتشي ومالكا اللتين ظلَّتا ثابتتين مكانهما دون حراك.

- أخي، غرست سهامها بذراعي! أنا من يحق لي معاقبتها.

- هه.. كفى، لننطلق. يتوارون عن الأنظار.

ريتشي تتحدث إلى نفسها:

- سمعت حديثًا متكاملًا وواضحًا بهذا الشكل؟! أووه! شدة التعب تُخيِّل للمرء ما يفوق تصوره. ما بالها مدفأتي الحجرية؟ مقعدي في المنتصف الذي ورثته أمي عن جدتها، وموسيقى الفونوغراف القديمة، وكل لحن أغنيه يسرقك لحقبتها. هي لا تحاول تزييف الواقع، بل تنقله كما جاء، أيام الحرب لها نغمة خاصة حزينة، ترافق تساقط الجثث، وتمجيد أولئك الخائفين المتراصين في مقدمة الجيش رغمًا عنهم دروعاً بشرية محطمة مسبقًا، تؤكد أحقيتها في تشريف الموت، وأغاني السلم. آه! بريد الهدنة هادئة ناعمة رقيقة تحرض الناس للقفز في علاقة غرامية.. أين أنا من كل هذا...؟

مالكا:

- ريتشي ريتشي، هيَّا لنبحث عن جماعتي، كلانا بحاجة ماسَّة للمساعدة.

ريتشي:

- أي جماعة.

مالكا:

- جماعتي منقسمون في كل الاتجاهات. اعتقدت في بادئ الأمر أنه من أجل التبادل الذي يقام عادة لتأمين المؤونة الضرورية، إذ إن في بعض الأيام تحدث مشاكل بين رجالنا والتجار أنفسهم قد تعرض حياة القبيلة بأكملها للخطر. تعرفين كيف يحول الجشع دم الإنسان لمادة رخيصة، أو رقم يقصى بلا إنسانية.. مجرد أن يعترض لقيام مصلحة، نحاول أن نصبح أوفر الكائنات حظًا، ما تملك ذاكرة لأربع ثوان، ثم تمحى لمواصلة العيش. لكن الأطفال لهم رأي آخر في كل ما يحدث أمامهم، تتحول عقولهم للوحة تسجل أدق التفاصيل، بمهارة تحاكي الطبيعة. يسعدك النظر إلى النتائج المبهرة وهم يسردون ذكرياتهم، إلى أن يعترضوها بموقف مخجل، ينتابك حزن عميق بعدها، وتتبدل الصورة، ماذا عسانا أن نفعل؟ منعني كيجا من التقدم نحو ابنتي والآخرين، حين مزّق كلبه راسيس، وحال دوننا ذلك الوحش.

ريتشي:

- أوه، أمر مؤسف! سامحيني، فقدت تركيزي، لوهلة شككت بوجود أصوات تتحدث في رأسي، ربما أشبه بهلوسة.

مالكا:

- هؤلاء القوم، أيًا كان انتماؤهم، لبشر أم حيوانات، هم غير طبيعيين، يثرثرون عن الشمال وسبع ليال ومدة.. لا أعرف، عليَّ أن أجد ابنتي قبل التفكير بأمر حياتي.

ريتشي:

- صديقتي مالكا.. بحثت عن أخي وليَم قبل أن أصادفكما، ويحدث ما حدث.

مالكا:

- حقًّا! ألا تعرفين أين فقدتِه؟

ريتشي:

- استيقظتُ مِن النومِ ولم أجده هو وشخص له نفس هيئة كيجا يُدعَى زيكاي، كانا بالقرب مِن الشاحنة، وحين نهضت لم أجدهما، دبَّ الخوف في قلبي أن يكون أخي ميتًا، وزيكاي أخذه بعيدًا حتى لا أصاب بالهلع؛ لأني كنتُ في حالة صدمة غريبة؛ إذ قطعتْ تلك المخلوقات يده، وتمكَّن زيكاي مِن إنقاذه بأعجوبة، فهرعتُ نحو الغابات أبحث عنهما حين وجدتُّكما أمامي.

مالكا:

- أخبرتني أن الشاحنة تعطلت وأنتم في طريقكم للنزل؟

ريتشي:

- نعم هذا صحيح.

مالكا:

- وجدنا خيطاً يقودنا للوصول إليه اتجاه الشاحنة.

ريتشي:

- وماذا عن ابنتك؟

مالكا:

- أدعو الله أن ينجيها، معجزاته ليس لها حدود.

ريتشي:

- ما رأيك في أن ننقسم للبحث في اتجاهين مختلفين؟ تعدد الفرص يمنحنا الاقتراب أكثر من طلب المساعدة.

مالكا:

- لا أرى أنها فكرة جيدة. عينان أوفر حظًا من واحدة.

ريتشي:

- أريدكِ أن...

مالكا:

- أعرف يقيناً ما تريدين قوله، لا تقلقي.

ريتشي:

- حسنًا.. لنتحرك مِن هنا.. اتبعيني.

ضدَّان

بدأتْ خيتا تستعيد عافيتها شيئًا فشيئًا، وتألف الجماعة والمكان، على عكس مالا التي كانت تختنق كلما زادت مدة بقائهما.

مالا:

- الانتظار ينهش مني ببطء، حتى فاق شعور الموت بالنسبة لي.

خيتا:

- أنتِ لا تعرفين الموت، ولكني أتفهَّم شعورك.

مالا:

- لا أعتقد، أراكِ هادئة، وكأنَّ شيئًا لم يحدث! ألا تشعرين بالجنون مِن تسارع الأحداث؟

خيتا:

- الصبر أصعب الصفات وأكثرها تعقيداً.

مالا:

- ما شأني بالصبر؟ لنخرج من هنا غدًا.

خيتا:

- أشتم رائحة غريبة! مالا، لن أعرض حياة قافيك للخطر لأبحث عن أبيه... أووه! هذه المواد هي السبب.

مالا:

- كيف تتحدثين عن كيجا بتلك الطريقة؟ ألم يتربَّ في حجرك؟ ألم تكوني له أمًّا؟ تزدادين غرابة كلما بقينا هنا!

خيتا:

- كيجا ابني، لا تزايدي في محبتي له، ولأني أمه أعرف قدر استطاعته في.. أن.. أن تتلعثم، ويرتجف صوتها. قافيك جزء منه، وهو واقع أراقبه كل ليلة، ولحظة بلحظة، كما وجود خط فاصل بين الأمس واليوم، تتزاحم الذكريات مناصفة بينهما، مثل تضبيب صورة تلتقطها العين في محاولة لفهمها وتفسيرها. أرى كيجا برمحه صغيراً، ومع التقاء جفنيَّ مرة أخرى، يتمثل قافيك بابتسامته الطاهرة أمامي، يلعب بالعصا برفقة أرجم. صورتان طبقاً للأصل.. هما سبب خوفي من فقدان ذلك الصغير.

مالا:

- أيتها العمة خيتا، ألا توجد إشارات في منامك مؤخراً، ألم يزرك كيجا؟ أرجوك لا تبالغي في حدة الصمت.

خيتا:

- الأحلام ذات المدلولات الكثيرة تعني لا شيء، سوى عقل يبحث عن هدوء في جلبة أحداث متسارعة. أحيانًا أتمنى في داخلي ألا أرى صوراً. ألا يكفيني إرهاق أحداث اليوم؟ لا أرغب في الاستيقاظ لتحيلي مشاهد مجنونة مبعثرة وغرائبية تفضي في آخر المنام لقتل أحدهم، وصراخي المستمر لأنهض وأكتشف أنه مجرد حلم، ولا زلت أصرخ خارج حدوده. لا أدري أهو نوع من أنواع الربط بين الواقع والحلم، أم أنني أبالغ في تحليلاتي دوماً، المهم كيجا، سيعود لدي شعور قوي حيال هذا الأمر.

مالا:

- كيف؟ هو لا يعرف أننا في باطن الأرض، يجب أن نخرج له؛ لكي يرانا على الأقل.

خيتا:

- سأتحدَّث مع خافيير.

مالا:

- هل أصبح قائدنا الآن؟ لن نأخذ الأوامر منه لمجرد أنه...

خيتا:

- لا تكوني جاحدة للمعروف، خافيير أنقذ حياتنا، ولا يمكننا إنكار ذلك.

مالا:

- نعم، ولدينا الحرية في اتخاذ قرار البقاء مِن عدمه، أليس كذلك؟

خيتا:

- دعي الأمر لي، واهتمي بقافيك، لا تفوتي خطواته الأولى، انظري كيف يتعثر.

مالا وقد امتلأتْ عيناها فيضًا مِن الحب:

- أرجم يمسك به من كفيه ويخطو به حول المكان يومياً، حتى بدأ في الوقوف والقيام ببضع خطوات.

خيتا:

-أرجم يحب الأطفال كثيرًا، فبالرغم مِن صلابته وقوته الجسدية إلا إنه رقيق القلب.

مالا:

- لمستُ فيه رقة قلبه نحو قافيك بالتحديد، إنه هو الشخص الوحيد الذي يُشعِرني بالراحة هنا.

خيتا:

- يبدو أن ساجو تخالفكِ الرأي.

يلتفتان نحو ساجو وهي تقف إلى جانب إنويت.

ساجو:

- قرأتَ كلَّ هذه المعلومات؟

إنويت:

- لا.. لم أفعل، إذا كان هناك مَن يمسح تلك المعلومات في ليلة واحدة، فبالتأكيد هو عليم، ولستُ أنا.

أحاول جمع ما يمكنني من معلومات حول خرافة غريبة نوعاً ما، تشابه ما نمر به الآن.

ساجو:

- أتقصد استبدالنا بجماعة أخرى؟ مستحيل لا أصدق، أقرب ما يمكننا قوله هو أن البشر محفوفين بالكوارث بطبيعتهم، يمكن أن تسميها قوى الطبيعة الغامضة. لا تنسَ؛ فالنهاية نحن جزء منفصل عنها، والغلبة تميل في صالحنا.

إنويت وهو يضحك:

- فتاة حديدية.

ساجو:

- مَن؟ حديدية! أنا لا لم أقل إننا الجماعة التي ستنتصر، أنا أقصد البشر، وربما نكون الطعم الأول. وهي تردُّ الابتسامة.

إنويت:

- أهكذا ننتهي ببساطة؟

ساجو تتنهد وتعود إلى الواقع، فتردُّ بجدية أكثر:

- امتلأت رعبًا حتى تشربته، لا فرق بين المشاعر لو أصبحت أيامك معدودة، لا أفهم ما الذي ينتابني هنا، ربما استسلام، سمِّه انهزاماً، هو يشبه وجود نار في داخلك مغلفة بكرة جليد سقطت من جرف عال، لك أن تتخيل، ولم تنطفئ.. ألديك تفسير لمثل هذا؟

إنويت:

- لا؛ لأن النار لا تصمد في داخل الجليد كثيرًا، بالتأكيد ستنطفئ.

ساجو:

- ليس كل نار تنطفئ، وبالذات إذا كانت في داخل قلبك.

إنويت:

- ولكنها تبرد على الأقل.

ساجو:

- أوه! حسنًا.. ها.. قد بدأتَ تفهم.

إنويت:

- على عكسك تمامًا، ما يثير قلقي هو الغد الذي لا أعرف عنه سوى اسمه، تلك السياسة تقتلني.

ساجو:

- ما الذي ينتظره خافيير بالمناسبة؟

إنويت:

- شعوري متضاد نحو هذا الرجل.

ساجو:

- متضاد!

إنويت:

- إنه يعرف كل شيء، أو أنه لا يعرف أي شيء.

ساجو:

- هناك نقاط كثيرة يراقبها يومياً باهتمام بالغ، لمَ لا يذهب لمساعدتهم؟

إنويت:

- إنه ينتظر منهم أن يقتربوا؛ حتى لا تكون هناك أيُّ مجازفة.

ساجو:

- ربما.

يقاطعهما عليم:

- خافيير يملك خطة.

إنويت:

- وكيف عرفتَ ذلك؟

عليم:

- اخفض صوتك، وقعت في يدي بالصدفة. هو يعرف إلى أين يذهب ومن سيصطحب.

إنويت يقترب منه:

- أهذا وقت جيد للمزاح؟

عليم ينظر لساجو ويفضل الصمت.

إنويت:

- لم أقصد، ممم.. هل يعني ذلك أنه شخص سيئ؟

عليم:

- لا أعرف بالتحديد ما إذا كانت النجاة في سبيل التخلي عن الآخرين تندرج تحت الفعل السيئ.

إنويت:

- بلا شك!.

عليم:

- إنويت صديقي، فكر قليلاً، حياتك في مقابل حياة مالا، التي بالكاد تعرفها، ألا زلت مستعداً للتضحية؟!

إنويت:

- ما الذي ترمي إليه؟ نعم سأفعل بالتأكيد.

عليم:

- إذن أنت البطل، وليس كل البشر يفضِّلون أدوار البطولة، هناك مَن يهتم بنفسه فقط، ويعيش لأجلها.

إنويت:

- تتحدث عن نفسك؟

عليم:

- الغبي الفطن.. ولمَ أطلعك على أمر الخطة من الأساس؟

إنويت:

- ربما تحتاج إلينا للوصول إلى هدفٍ ما.

عليم:

- أحتاجك لنجاتنا جميعًا.

إنويت:

- هل تستمتع بجعلي أشكُّ بك أيها الأحمق؟!

عليم وهو يضحك:

- حتى يبدو أننا طبيعيون.

إنويت:

- دع هذا الحديث يقتصر علينا نحن الثلاثة، واشرح لي ما الذي رأيتَه.

عليم:

- ليس الآن، في الوقت المناسب. ويرفع السبابة نحوه ويغمز.

ثلاثة

وليام:

- كلاب قوية ومدرَّبة جيدًا.

قاميلر غير مكترث، يضرب بالسوط لتجر الكلاب الزلاجات بشكل أسرع.

زيكاي:

- ما رأيكما لو نتخطى منطقة الشجيرات في اتجاه وادي الجبلين؟ لم نعثر على خيط قد يدلنا على شيء في هذه المنطقة.

قاميلر يلتفت نحو زيكاي:

- وادي الجبلين! يفصلنا عنه النهر.

زيكاي:

- وسمك الجليد يتحمل زلاجة تجر رجلاً واحداً، أنا ووليام نريد عبور النهر مشياً على الأقدام بمحاذاتك.

وليام:

- ماذا؟! هل أنت أحمق؟!

زيكاي:

- لا تخف، سأحملك على ظهري، ولكن لن نجعل رجلًا كبيرًا يمشي على أقدامه.

وليام:

- لا أصدِّق أنك الشخص الذي قام بسرقتي قبل أيام.

زيكاي:

- صدِّقني لو لم تكن الظروف مماثلة لسرقتُك مرارًا وتكرارًا ودون ملل.

وليام:

- ها قد عدتَّ لطبيعتك، مرحبًا بك مرة أخرى.

قاميلر يتوقف فجأة:

- إنها ليست آثار دببة، لقد كانوا بالقرب مِن هنا قبل قليل.

زيكاي:

- هل نبحث هنا؟

قاميلر: لا حاجة لذلك، نستطيع رؤية الدماء على الجليد بوضوح.

وليام:

- لمَ تُصِرُّ على أنها لن تنجو؟ يا لك مِن أب...

زيكاي يضرب بكتفه صدر وليام محذِّرًا إياه.

قاميلر:

- دعه يتفوَّه بالحماقة، ربما يبرأ يوماً ما من علته.

وليام:

- لا تكن متشائماً، لم أقصد مضايقتك.

قاميلر:

- لا عليك.. لنكمل، وإذا لم نجد لهم أثرًا بين الجبلين عودا إلى النزل، سأبقى للبحث عن أولئك الأوغاد بنفسي، فالثأر ثأري وحدي، لا شأن لكما به.

يقترب وليام من قاميلر ممسكاً ببندقيته:

- أيها العجوز، نحن معك، لن تتخلص منا بسهولة.

زيكاي يهز برأسه للتأكيد.

وفي هذه الأثناء يخرج خافيير مِن ممرٍ جليدي سرِّي دون أن يثير ريبة مَن معه، حيث أخبرهم بحاجته للراحة بعد مدة طويلة لم ينم فيها جيداً، يتابع سيره ويخرج نحو المكان الذي أحرق به جام، يراقب عن كثب، أحرقت الشباك بالكامل ولا وجود لأثر للجثة هنا. انتابه شعور بالحيرة.. جال ببصره خلف الأشجار، وبينما يتناقل بعينيه فاحصاً المكان، وأبعد ذرات الثلج عن وجهه، أمسكت به يدٌ من الخلف، لمح أنها يد تلك المخلوقة، فزع ولم يتحرك، ظن أنه أتى إلى هلاكه، وأقدم على فعل غبي.

ضحكتْ جام وهي تراقبه يرتعد خوفًا:

- أتيت أعزلًا، يا للحماقة، هي عادة البشر حين يعتقدون أنهم يحسنون صنعًا، لا تخف، لن اقتلك إكراماً لغبائك، ولكن هذه المرة ستتبعني رغماً عنك، لا أستطيع الحديث معك في غير مكاني.

وتتحرك بسرعة وهي تمسك به، إلى أن وصلتْ إلى وسط منطقة الشجيرات، وفتحتْ بابًا في أسفل شجرة قادها نحو ممر ترابي، ثم إلى مكان واسع حيث تختبئ.

رمتْ جام خافيير أرضًا، ثم ذهبتْ لتجلس على كرسي في وسط المكان.

جام:

- أعلم أنك تجد صعوبة في أن ترى شيئًا، ولكن المهم هو أن تسمع، لقد قتلت الشبان ولم تنقذهم بحبْسهم في أسفل الأرض.

خافيير:

- ما الذي تقصدينه؟ ولمَ أتيتِ بي إلى هنا؟

جام:

- تعرف عنَّا الكثير، أرى ذلك في عينيك أيها العجوز المتحاذق.

خافيير:

- نعم، في تدوينات القبائل حذروا من عودة ظهور المخلوقات البشعة مرة أخرى، ولكنها ناقصة، لم تأتِ على ذكر اللغة هه.. تتحدين بلغة أفهمها.

جام:

- أنتم ناسخو اللغة منَّا يا هذا وليس العكس، دعني أخبرك بما أريد، لن أطيل الحديث، آتِ لي بشاب مِن الذين تخفيهم معك، وأعدك بأني لن أمسَّه بسوء، فقط قطرات قليلة من دمه تتيح لي التفكير بهدوء وانسجام تام.

خافيير بصوت يرتفع حِدَّة:

- مستحيل.

تقفز جام نحوه، ويداها حول عنقه:

- هل تختار الموت؟

خافيير:

- علام أحصل في المقابل؟

جام:

- الحياة.. سأجعل مِن الصعب على جماعتي المغفلة أن تنال منكم.

خافيير:

- هل هم أتباعك؟

جام وهي تضحك بصوتٍ عالٍ:

- اجلس أيها العجوز، حديثك يسلِّيني، ظننتُ أنك تعرف الكثير، سامحْني لقد أسأتُ الظنَّ.

خافيير يشيح بنظره عنها، ويجلس دون أن يرد.

جام:

- هؤلاء ليسوا أتباعي، ولكن قائدهم أخي، ونحن – الاثنين – مَن نملك الدماء المجددة، أي إننا في كل يوم نكتسب خواصَّ جديدة، ولكي نكتسبها نحتاج للقتل، اكتشفتُ بمحض الصدفة أن مرور الدماء مِن جوفي ولو لقطرات يُكسِبني تلك الخواصّ، فانشققتُ عن أخي دون علمه، وتوقفتُ عن القتل، ولو علم قومي بأنني توقفتُ عن القتل لاعتبروه خيانة عظمى.

خافيير:

- غريب فعلًا؟

جام:

- كبرياء البشر، يبالغ في اعتقاده بأنه صاحب أول قدم تطأ هذه الأرض، متجاهلًا أي علامات تدل على وجود مَن هم قبله.

خافيير:

- وعقابنا بالقتل إذن؟

جام:

- قانون الجماعة، استعادة ما هو ملكهم مِن الأساس، بيد أنني لا أتفق مع مبدأ القتل؛ إذ إنه هو مَن فتح مسارات الأرض على بعضها، وخلق مسارًا جديدًا يُعرَف بالناشئ يسكنه عمالقة في عالَم مشوَّه تمامًا ما إن تمسه حتى ينقلب رأسًا على عقب، ويبدأ في مهاجمتك بشراسة، ثم يقتل مِن تلقاء نفسه، وللتخلص مِن هجوم جماعتنا يتوجب على البشر فتْح المسارات، وهناك عواقب بالتأكيد.

خافيير:

- الناشئ؟ ألا نتشارك الأرض نفسها؟!

جام:

- في الماضي نعم.

خافيير:

- لا أستطيع الفهم.

تقاطعه جام:

- لا ترهق تفكيرك، أحضر لي الشاب كما اتفقنا، وراقب الأشياء من حولك، هناك ثلاثة أمور، إذا حدثتْ ستعرف أن البشر تفوَّقوا على جماعتي وفتحوا المسارات.

خافيير:

- وماهي؟

جام:

- تفك جماعة شفرة لغز الأنهار في باطن الأرض، ويحرق القائد أخي مِن بشري، ويدخل عملاق لمسارنا هذا.

خافيير:

- وكيف أعرف بحدوث كل هذا؟

جام:

- انتهى لقاؤنا اليوم، لا تنسَ: بعد ثلاثة أيام من الآن ترجع وبحوزتك ما طلبت.

وتنادي على حارستين مِن الداخل:

- أخرجوه مِن هنا فورًا.

يعود خافيير أدراجه منشل التفكير، يجرُّ رأسه الممتلئ بالمتناقضات، حتى يصل إلى البيت الجليدي، ليستلقي بعد ليلة مرعبة وغريبة.

خرائط مبهمة

انهار الجليد، وغطَّى فوهة المعمل مغلِقًا طريق الخروج عن العمال والعالِم دكلان.

أحد العمال:

- ماذا سنفعل الآن؟

العالِم دكلان:

- أممم.. لاشيء.

العامل:

- ماذا تعني بلا شيء؟

العالم دكلان:

- هل لها معنًى لا أعرفه؟

ثم صمتَ وأغلق الآلات واحدة تِلْوَ الأخرى وهو يقول: لقد انتهيتُ مِن هذا، وتوجَّه نحو الفتحة التي حدثتْ في الجدار، ودخل إلى المكان الواسع مقتربًا مِن الماء الذي يتوسَّط هذا المكان الغريب، ثم جلس ينظر نحو الماء، قائلًا في نفسه: أوه! إنه أنا، لو قذفت حجراً في عمق انعكاسي على الماء، وتماهت ملامحي منزلقة إلى جزئياته، تشتت لتكون دوائر، وتبعت أجزائي المبعثرة وهي تذهب في رحلة قصيرة إلى ما هو أبعد من كوني أنا متجانسة مع النهر، هي سعادتي اللحظية باختفاء الآلام المرتبطة بصولاتي، أعرف تركيب الماء، لن يهدأ له بال، سيعود لوتيرته الهادئة ليلتقطني مرة

أخرى، وكلانا ينظر للآخر من عالمين مختلفين، والنتيجة حتماً واحدة، إنه أنا.. دكلان.. حيث الشعرة التي تقع بين العلم والعقل.

لما أحزن، لا أعتقد بحقي في الإحباط متشاطر مع أقراني، هم على الأقل يبالون به أكثر مني، يتمسكون بطوق النجاة، ويدفعون بأرجلهم نحو الأعلى قفزاً للخارج حيث الأمل، أما أنا لا أبالي بتسجيل الإخفاق تلو الإخفاق عبثاً، وعدم الفوز بنتيجة تتفوق عن سابقاتها بفارق بسيط. أرتب فشلي في دفاتر المختبرات، وأكتب.. أكتب.. من يستطيع إيقافي من العبث بالمستحيل بتصديق الوهم وجعله حقيقة هنا؟ من يتحاذق بجعل الكوكب حكراً لنا؟ لا وجود لمخلوقات تتصدى لطغيان عقولنا، نحن المسيطر الأول، ومن يجرؤ على انتهاك حرمتنا؟ وإذ بذرات صغيرة تباغتنا تسكن الهواء مرعبة تسقط المئات منها في ظرف دقيقة، فتعالينا رغم الألم بالاعتكاف عن الواقع. سافرنا بالزمن من أجل جرعة بإمكانها إحداث الفارق. نجحنا متجاهلين أسراب الطيور السوداء التي اختارت وجهتها القادمة، ولا زالت سلسلة المفاجآت مستمرة.

ثم يضحك بجنون، ويصدح صدى صوته عاليًا، وكأنه يخرج مِن كل الاتجاهات.

تقدَّم العمال نحوه، ثم وقفوا يترقبونه وسط شعور بالحزن والغرابة، وما لبث أن بدأ في البكاء كالطفل الذي كسر صورة أمه المتوفاة رغبة منه أن تعود للحياة، لا كصورة جامدة، بل كحقيقة.

حاول أحد العمال التخفيف عنه، لكنه صرخ فيه قائلًا:

- ارجع إلى الوراء، ليس لديَّ شيء أخسره، لقد أمضيتُ سنوات كثيرة في بحث عن الجنون.. عن المستحيل.. عن الوهم، فهل لحياتي معنًى؟ أوه! نعم.. أطفالي الذين لم يأتوا بعد، حرمتُهم حقَّ اللعب والجري معهم في باحة منزلي الخلفية، أبقيت على أمالهم بعودتي يوماً ما، محتضنين ألبوم الصور كل ليلة وزوجتي التي لم أقابلها، ولم أقع في

حبها يومًا ستحزن على فراقي الموجع، وتترمَّل ثم تقتلها الوحدة، وصديقي الذي أهاتفه كل ليلة نتشاطر الأحزان، ونقتسم الأحلام بالتساوي، سيكسر ويتبخر نصف حلمه معي، سوف أخذلهم جميعًا أليس كذلك؟

ثم أخرج مِن جيبه محلولًا في إبرة، وحقن نفسه، وصاح: هذه لأجل العالم الذي لم يرَ وجهي الآخَر بعد.

اعتقد العمال أنه سمَّمَ نفسه، فهرعوا يتسابقون نحوه، ولكنه لم يقع، بل نظر إليهم في استخفاف، ثم عاد نحو الآلات ببرود شديد.

جلس العمال يتحاورون فيما بينهم:

- جُنَّ المسكين.

- نستطيع الخروج يا رجال، لمَ كل هذا؟

- يحتاج للراحة بعض الوقت، يستعيد فيها وعيه.

عاد إليهم بعد دقائق وفي يديه خرائط، ثم رماها أمامهم:

- الربط بين هذه الخرائط مفتاح الخروج.

ردَّ أحدهم:

- ولكن نستطيع الحفر حتى نخرج.

دكلان:

- الحفر سيؤدي إلى وقوع المزيد مِن الانهيارات وإطالة مدة المكوث، هذه خرائط القائد، أخبرني إذا ساءتِ الأوضاع أن أستخدمها، هي ملك لكم، افعلوا بها ما شئتم.

العامل:

- ما الذي تقصده؟

دكلان:

- ابحث عن الحياة إذا كنتَ تريدها، ودَعْني وشأني.

ثم عاد ليجلس إلى جانب جثة القائد في صمت.

بدأ العمال في محاولة فهْم مسارات الخريطة، كانت مساراتها كثيرة، هناك باب واحد في مكان واحد في جميع الخرائط، يشير وجود ذلك الباب نحو الجنوب، فتحرَّك الجميع باستثناء العالم دكلان الذي فضَّل المكوث دون حركة والتزام الصمت.

في كل منطقة يوجد ثلاثة ممرات تؤدي إلى مكان واسع، ثم نفس الممرات تعود، ونفس المكان الواسع يعود، وبعد مرور ساعة مِن البحث توقَّفَ العمال في المكان الواسع، وقد بدتْ عليهم علامات التعب.

يوتي:

- إننا نعود إلى نفس النقطة في كل مرة.

موهاك:

- هذا غير صحيح، أين العالِم دكلان إذن؟ نحن لا نعود إلى الوراء، ولكن المكان طويل ومتشابه.

جينال:

- لقد استخدمنا الخريطة كما رسمت، ولكن يبدو أننا نسينا أن نسلك طريقًا دون الآخر، وهذا ما جعلنا نخفق.

يوتي:

- ما الذي نفعله الآن؟ هل ننقسم إلى مجموعات؟

موهاك:

- فكرة جيدة، كل مجموعة مِن أربعة رجال تسلك طريقًا مختلفًا.

جينال:

- حسنًا.. لا مانع لدَيَّ.

وبعد أن انقسم كل أربعة رجال في مجموعة تحرَّكوا مِن جديد نحو الممرات مفترقين في كل اتجاه، وبعد مضيّ ثلاث ساعات مِن البحث تقابلتْ مجموعتان دون الأخرى.

المجموعة الأولى بقيادة يوتي:

- لا طريق للخروج، هذه الخريطة تفقدني صوابي.

المجموعة الثانية بقيادة موهاك:

- لنسترح قليلاً، وبعد ذلك نفكر في الأمر مجددًا، ولكن أين المجموعة الثالثة؟ ألم تصل بعد؟!

وفي هذه الأثناء في ممرٍّ مِن أحد الممرَّات:

- عرفتُ ماذا ترمي إليه هذه الممرات مِن خلال حالة النهر، ألم يلحظ أحدٌ منكم ذلك؟

التفت الجميع إليه في استغراب، وكأنه ألقى كلمة سخيفة في غير موضعها.

- كما توقعتُ.. لمْ تلاحظوا أن النهر هو الوحيد المتغير كلما تقدَّمنا إلى الأمام، ما عدا ذلك يبدو لي أنه متشابه.

الجميع في صمت مترقبين سماع المزيد.

- النهر الذي نظر إليه دكلان درجة حرارته عادية، ولا يبدو أنه في قاع جليد، ثم إذا ما تقدَّمنا يبدو تدريجيًّا باتِّخاذ حالاته نحو التحوُّل إلى جليد، وأعتقد أن باب الخروج ينتظرنا هناك.

ثم ردَّ عليه أحدهم:

- تتكلم وكأنك لقنتَ الطريق، ولم تبحث عنه.

- صحيح، وجدت الحل في الخلف، انظروا هنا، المعالم في البداية مرسومة بوضوح، يبهت لونها تدريجيا وتختفي ما عدا النهر، وهذا ما جعلني أراقبه، كلما تقدمنا اعتقدت بأنه مجرد رمز، والباب قريب منه، ولكن شدَّني أنه متغير، وكأنه يرشدنا نحو اختيار النفق الصحيح من غيره، جربت أن أسلك بكم اتجاهًا خاطئًا، وجدت النهر لم يتغير حاله، وظل بدرجة حرارته العادية.

نظر الجميع نحو الخريطة المقلوبة؛ ليروا صحة كلام صاحبهم.

- هيَّا لنجرب، لمَ لا؟

تحركوا وهم يقيسون النهر كلما تقدموا، وحينما اقتربوا مِن بلوغ النهر الجليدي رأوا شخصًا يستند على أحد الأنفاق بظهره، منحنيَ الظَّهر، يرتدي قطعة جليد تغطِّي رأسه وجسده العلوي.

صاح أحد العمال فيه:

- هيه.. أنتَ.. هل تعرف طريق الخروج؟

الشخص:

- أصدقتم كذبة صاحب النهر؟

التفت الجميع بسرعة نحو صاحبهم الذي خالط وجهه الشكُّ، ثم عادوا بالنظر إلى الشخص، ولم يجدوه.. التفتوا في كل الاتجاهات يبحثون عن أثر له، فجأة ظهر خلف صاحب النهر كاشفًا عن وجهه وشكله الحقيقي.

صرخ العمال وهم يتراجعون للخلف، تملَّك صاحب النهر الخوف، ولكنه فضَّل عدم الالتفات.. لم يقاوم رغبة الخوف في أن يرى ما الذي يهدد حياته.. التفت بسرعة ليفقد عينيه وتسقطتْ أشلاؤه وسط صرخات الرعب مِن البقية، عاود السؤال مرة أخرى:

- هل صدَّقتموه؟

ردَّ أحدهم بخوف:

- لا.. فكرة ساذجة، وليس لها منطق.

بل إنه وحده مَن يفكر، والتفكير مرض مُعدٍ ينتشر مثل النار في الهشيم، وما إن يفكر الإنسان حتى يفكر مَن حوله، وما إن يبصَّر على أمر حتى رآه منَ حوله واضحًا جليًّا، وهو ميت الآن، وإنكم لميتون.

تناثرتْ دماؤهم في جدران الجليد.. خرج الجوجام إلى الأعلى في انتظاره بقية الجماعة:

- أهملت من يضاهيهم رجاحة عقل ودهاء، ارجع للمقدمة وأحضر لي رأسه، لا تفكر بالبقية، سيهلكون دون حاجتنا.

العملاق

هومك يحاول دفع المزلاجة التي علقتْ في تراكم الجليد، وأرما يسحب مع الكلاب، وبعد محاولات عدة خرجتْ، ثم تحرَّكوا نحو منطقة الكهوف.

أرما:

- الكلاب منهكة لم تأكل، وحركتها تغدو أصعب كلما تقدمنا دون إطعامها.

هومك:

- ليس لدينا حلٌّ سِوَى الإسراع نحو منطقة ما قبل الكهوف؛ لعلَّنا نجد شيئًا نصطاده.

وبعد ما يقارب الساعة توقفتِ الكلاب عن الحركة، فقال أرما:

- نال منها التعب، وبدأتْ تضعف، أرى أن نتوقف قليلًا لأخْذ الراحة.

هومك وهو ينظر أمامه متفحصاً المكان:

- جيد، فلننصب الخيام، ونشعل النار.

أرما وهو يرمي الأخشاب في النار:

- متى تنتهي هذه العاصفة؟ إنها تزداد شدة هذه الأيام.

صمت هومك ولم يردّ.

أرما ينظر نحوه، ثم يضع إناءً فيه ماء فوق النار، وبينما يراقب غليان الماء الذي يستغرق وقتًا أطول في هذه المناطق، توقَّف هومك فجأة، وأشهَرَ سلاحه نحو الأمام.

أرما:

- ماذا يجري أيها القائد؟

هومك يشير إليه بالاستعداد، ويقف بمحاذاته السلاح نحو الأمام.

صوت يقترب منهما، ويصبح أكثر حدة، تتضح لهما الرؤية أكثر وأكثر.

هومك:

- ابتعِدْ إلى اليمين، إنه يركض نحونا.

قفز الدب بينهما وهو يحاول أن ينقضَّ على إحدى الفريستين، ولكنَّ كُلًّا منهما أخذ يطلق البندقية باتِّجاه الدب، ثم يركض حتى يجد مكانًا للاختباء.

لحق الدب بهومك؛ لأنه كان الأبطأ في الحركة، ولم يستطع أرما معرفة أين اختفى الدب وهومك؛ إذ إنه أخذ يركض بسرعة، ولم يتوقف إلا بعد مرور برهة مِن الوقت.

أطلق هومك طلقات عشوائية كثيرة لم تصبِ الدب، ونفدتْ ذخيرته، ولكن الدب لا زال يحاول الانقضاض عليه، توقَّف هومك عن الحركة، ولم يجد مكانًا للاختباء، وأخذ يترقب بانتظار أن ينقض عليه الدب في أي لحظة.

اقترب الدب نحوه، ورأى هومك أن شيئًا ما ركل الدبَّ مِن الخلف، وبدأ يتعارك معه، وخلال دقائق لم يعدْ يسمع صوتًا، فتقدَّم هومك لتحرِّي الأمر، وإذا بشخص عملاق يقف في انتظاره.

هومك وعيناه تحاول اكتشاف ذلك الشيء العملاق الماثل أمامه، قاطع صمتهما قدوم أرما يركض باتِّجاه هومك:

- أيها القائد، هل أنت بخير؟ أووه! حمداً لله لم تصب بأذى.

ثم ينظر باتِّجاه العملاق، ويعيد بصره نحو هومك، ويعاود الالتفات والدهشة تملأ ملامحه نحو العملاق:

- ما هذا الشيء؟

هومك يتقدم:

- سنعرف بعد قليل.

هومك:

- شكرًا لك، لقد أنقذتَ حياتي، كدتُّ أن ألقى حتفي لولا الله، ثم تدخُّلك.

وقف العملاق صامتًا، ولم ينطق بكلمة، فقال أرما:

- ربما لا يتحدث بلغتنا، ما سرُّ وقوفه ونظراته الغريبة نحونا؟

هومك:

- أعتقد أنه لا ينوي بنا شرًّا.

أرما:

- يا لضخامته! بإمكانه بنصف قدم سحقنا في أي وقت.

هومك:

- لا تتعجل في الحكم.

أرما:

- لا يريد التحدث، هيَّا لنتحرك.

هومك:

- يبدو أنه كذلك، هيَّا لنعد أدراجنا.

العملاق:

- توقَّفا، إلى أين تذهبان؟

هومك وهو يلتفت نحو أرما بملامح تخلو مِن أي تعبير:

- إلى مكان ما قريب مِن هنا.

العملاق:

- مكان مثل ماذا؟

هومك:

- كهف.

العملاق:

- وما الذي تنوي فعله بكهف؟

هومك:

- أبحث عن قومي هناك.

العملاق:

- مغارة الجوجام ثمن تخليصك من قبضة الموت، خذني إليها.

هومك:

- مغارة جوجام! ما صلتك بأولئك القوم؟

العملاق يبتسم ابتسامة تخيف هومك:

- بالطبع لستُ منهم.

وقف هومك تتملكه الريبة صامتًا، رد العملاق:

- لا تخف، أنا لا أنوي بكما شرًّا.

يتدخل أرما في هذه الأثناء:

- ممتنون لك، ما تطلبه صعب جدًا، نحن لا نملك دراية كافية بهذه المخلوقات، فكيف نصل بك إلى مغارتهم؟

العملاق وعينه منصبَّة على هومك:

- رد الجميل أصعب من فعله، أخبره بالمفتاح الذي حول عنقك.

هومك وقد بدا الارتباك يظهر على ملامحه:

- لا أفهم ما ترمي إليه؟

العملاق:

- قدني إلى المغارة وإلا قتلتُ صاحبك.

هومك:

- صدقني لا أعرف عن ماذا تتحدث.

العملاق:

- إذا ما أردت معرفة الأمور بوضوح، اقترب أكثر، هيا لنذهب.

هومك:

- حسنًا.

العملاق:

- أنصِتَا أنتما الاثنان، يجب عليكما ألا تمسَّا جسدي تحت أي ظرف، إني أحذركما.

أرما باستغراب:

- ولماذا؟

العملاق:

- أنصِتْ فقط.

هومك:

- بالنظر إلى قرب الكهوف من هنا، علينا العودة باتجاه الجنوب حتى نصل إلى أخطر بقعة في الشمال، أحذرك من وقوع هجوم مفاجئ، تلك المخلوقات تنشط هناك.

العملاق:

- لا تقلق، لن يمسَّكما مكروه.

أرما:

- سنرى.

في العمق

العالم دكلان وهو ينظر باتجاه جثة القائد الملقاة أمامه:

- من المفترض أن نتقاسم الهزائم معاً، تلقيتها وحدي، اعتقدت أني سأرافقك بعد مرور الساعة، تبخرت كل تلك السنوات في لحظة، عدتُ لنقطة الصفر، ما بال مفعول المحلول، هل أُبطل؟ السائل الحقير؛ تغير بسيط في جزيئاته يقلب النتائج.

في هذه الأثناء وفي الأعلى يتربص الجوجام، ويحاول إيجاد مَن هو أهم، ولكن لاشيء يشير لوجود عقل ذي جودة عالية، ففضَّل الاستمرار نحو الأمام، وترك الوادي المطمور وهو يقول في نفسه: دائمًا ما يريد إثبات أني أخفق ذلك الأحمق المغرور.

دكلان بدأ يتجول في المكان، ويتفحصه وهو يتقدم نحو الممرات ممرٍّ تلو الآخر، حتى استطاع إيجاد الجثث المتفرقة للعمال عند فوَّهة الممرِّ الأخير، فوقف متسائلًا: هل تمكَّن البقية مِن العبور؟

أكمَلَ طريقه حتى خرج مِن المكان نحو الجبلين، وبدأ في السير، وبعد عدة ساعات وصل إلى النهر المتجمد، وهناك سمع صوتًا لرجل كبير في السن يستنجد، فتقدَّم نحو الصوت حتى رأى رجلين يحاولان إخراج رجل سقط في انكسار جليدي وسط النهر.

دكلان:

- مرحبًا دعوني أساعدكما على إخراجه.

وليام يتمعَّن في وجه دكلان:

- هه طبيب! بقي أن تخرج لنا مكنسة تطير في الهواء، حقاً مكان يفوق التوقعات!

زيكاي:

- ساعدْنا، إنه يتجمد مِن الماء.

مدَّ دكلان يده، وبعد عدة محاولات استطاعوا حمْل قاميلر إلى الخارج.

زيكاي:

- لم نستطع إخراج الكلاب والمزلاج، أنا آسف يا قاميلر، بذلنا ما في وسعنا.

قاميلر وهو يلهث مِن التعب:

- لا عليكَ، إنه خطئي، لم أفكر كثيرًا قبل القيام بمثل هذه المخاطرة.

وليام:

- المهم هو أنك بخير، وسندع الطبيب يتفقَّد صحتك.

دكلان:

- أنا لستُ طبيبًا، أنا عالِم.

وليام:

- عالم هنا! ما الذي يثير فضولك في جليد ممتد؟

دكلان:

- إنها قصة طويلة يصعب عليَّ شرحها.

زيكاي:

- مرحبًا بكَ على أي حال.

قاميلر:

- إني أتجمَّد، فلنكمل حتى نستطيع إشعال النار إلى جانب النهر.

وليام:

- هيَّا ضع يدك خلف كتفي.

زيكاي ممازحًا وليام:

- لو لم يكن ذراعك مفقودًا لتمكَّنَّا مِن إنقاذه أيها البطل.

وليام:

- اخرس، وحافِظْ على حياتك.

زيكاي وهو يضحك:

- هيَّا بنا، إني مرعوب، المكان لم يعد آمِنًا.

دكلان:

- لا يوجد شيء مثير في الاتجاه الذي تسلكونه.

قاميلر:

- هل أنتَ متأكد؟

دكلان:

- لقد أتيتُ منه للتوِّ بعد أن خسرتُ قائدي وفرقة مِن رجالي.

قاميلر:

- أنا آسف لسماع هذا، ما الذي حدث لهم؟

دكلان:

- لا أعرف بالتحديد، ولكن قُتِلوا بطريقة بشعة.

قاميلر:

- إذن هي الوجهة التي أريد.

دكلان:

- أشعر بوجود خطر يتربَّص بنا، والغريب أنني حينما خرجتُ لم أجد ما يثير الريبة.

قاميلر:

- هؤلاء قاموا باختطاف ابنتي.

دكلان:

- اختطاف؟

وليام:

- يبدو أنه لا يعرف بأمرهم، سنخبرك بمجرد أن نصل.

وبعد أن نصبوا الخيام، وأشعلوا النار، أخبر وليام دكلان بكل ما حدث.

دكلان:

- هكذا إذن لا شيء يفوق الوحدة في الصف، إذا ما ارتأت حصولها على نفس القاتل والهدف، أطمح بالانضمام لكم يا رجال.

قاميلر:

- مرحباً بك أيها العالِم.

دكلان يخرج ورقة من جيبه:

- عثرت عليها بالصدفة في حقيبة القائد، كان من جماعة الكشافة التي تفقدت الشمال في رحلة سابقة، حدد فيها أهم المسارات، بالإضافة إلى المناطق البارزة، وبما أني لم أشاهد شيئًا يذكر في طريقي إليكم؛ أقترح أن نسير عكس اتجاه الوادي.

قاميلر:

- لا مانع لديَّ.

ثم ساروا عكس اتجاه الوادي متجاوزين النهر المتجمد، وبعد ساعات مِن السير:

قاميلر:

- هناك شيء يبدو كالجبل الضخم، ولكن يتحرك!

وليام:

- أين؟

قاميلر:

- لو اقتربنا أكثر ستتَّضح لنا الرؤية.

وبعد تقدُّمهم نحو الأمام أكثر بدأتِ الرؤية تتَّضح.

زيكاي:

- ما هذا؟ إنه ضخم جدًّا!!

وليام:

- لم أرَ مثل ضخامة هذا الشيء مِن قبل.

زيكاي:

- لن نجازف بالاقتراب أكثر.

وليام:

- ما رأيك أيها العالِم؟

دكلان يقف صامتًا.

قاميلر:

- انظروا إلى أقدامه، هناك رجلان يسيران أمامه.

زيكاي:

- لا يبدو أنهم مقيَّدون.

وليام:

- هل هذا يوحي بالأمان؟

دكلان:

- مِن أين خرج؟

قاميلر:

- في بادئ الأمر، لنحاول بهدوء الوصول إلى الرجلين.

وبعد أن اتخذوا شكل الدائرة، ثم واجهوا الرجلين مِن الأمام، وليام يلوح بيديه نحو أرما الذي يشاهده، ثم ينظر نحو هومك.

أرما:

- دعهما يساعداننا في الخلاص منه؟

هومك:

- أرما، هذا المخلوق أيما تكن هيئته، أنقذنا من مأزق، لن أتراجع عن وعدي له، إذا أردت الخلاص اهرب وحدك.

أرما:

- مهما كلَّفني الأمر لن أتركك.

هومك:

- نحتاج إليهم في رحلة البحث. ثم رفع كفيه نحو العملاق إشارة له بالتوقُّف قليلًا والتحدث إليه: لا بأس أن نضم رجالاً أخرين لمساعدتنا في توسيع البحث؟

العملاق:

- مسموح، ولكن تذكَّر ألا يمسَّني منكم أحد.

هومك:

- حسنًا.. لك ذلك.

ثم أشار للرجال بأن كل شيء على ما يرام، وأن التقدم آمِن.
انضمَّتْ جماعة قاميلر لهومك وأرما.. هومك يبتسم ابتسامة عريضة جدًّا وهو ينظر إلى زيكاي الذي يتقدَّم لاحتضانه.

هومك:

- أهلًا بكَ أيها الصغير.

زيكاي وهو يضحك:

- لم أعد كذلك.

هومك:

- ازددتَّ صلابة يا فتى.

زيكاي:

- هذه ميزة مَن تعلم الصيد على يدك.

أرما وهو يجر زيكاي مِن أحضان هومك:

- تعالَ إلى هنا أيها البغيض، لم تتبدل ملامحك، لا زلتَ بالقبح ذاته.

زيكاي:

- أرما، لم أركَ منذ مدة، كيف حال أسرتك؟

أرما:

- تائهون في هذا الجليد، كنا في طريقنا للبحث عنهم لولا أنِ اعترض طريقنا وهو ينظر للعملاق بحذر.

زيكاي:

- يا لها مِن صدفة، سررتُ برؤيتك بخير.

أرما:

- صدفة منكوبة، وأنا كذلك يا فتى.

زيكاي يضحك وهو ينظر إلى العملاق:

- ربما.

وبعد ساعات مِن السير غير المنقطع قرروا التوقف للاستراحة قليلًا، تفرقوا للبحث عن الأخشاب الصغيرة، أضرموا النار بصعوبة، وجلسوا حولها يتحدَّثون.

هومك:

- إنه يريد مغارة الجوجام، والحقيقة لا أعرف أين تقع، لم يتوارد على ألسنة القبائل أنهم يقطنون مغارة، بل أشارت الروايات في معظمها خروجهم من وادي الجبلين.

دكلان:

- مغارة.. وادي الجبلين.. تلك الممرَّات!

أرما:

- هو يرمي بأننا نملك مفتاحها، قلادة القائد هومك.

زيكاي:

- حتى أنا لم أسمع بوجود مغارة في الشمال، هل يقصد الكهوف؟!

قاميلر:

- أي كهف يستطيع أن يحوي جسده العملاق، ربما يريد المفتاح الذي في حوزتك!

هومك:

- كلامه كان واضحاً، طلب أمرين: إيصاله إلى المغارة، وعدم الاقتراب منه.

وليام:

- ماذا لو كان يقتادنا نحو الموت؟ الكائن الضخم لا يُعَدُّ بشرًا.

أرما:

- أنقذ حياتنا مِن دبٍّ شرس قام بمهاجمتنا، كدنا أن نلقى حتفنا لولا تدخُّله.

وليام:

- لا يعني هذا أن نثق به.

زيكاي:

- إني أوافق وليام الرأي بالرغم مِن شكِّي الدائم بقدراته العقلية.

وليام وهو يغمز بعين واحدة:

- لا تنسَ أنِّي أمثلك يا صاحبي.

قاميلر:

- لم أقع في مثل هذه الحيرة في حياتي كلها، ما الذي يحدث؟! في الشَّمال مخلوقات متوحشة، ومِن ثَمَّ عملاق يلامس السماء.

هومك:

- عدم رؤيتنا لبعض الأشياء لا ينفي أنها قادمة نحونا في المستقبل القريب.

دكلان:

- الغالب أنه مِن صُنْعِ البشر أنفسهم.

هومك:

- لا، إنها كُتِبَتْ وقرأناها مرارًا وتكرارًا، ولم نصدِّق.

أرما:

- كل ما تراه العين فهو حقيقة، ولكن ما يُكتَب يحتمل الكذب والصدق.

هومك:

- ليس إن كتب وأُنْزِل مِن السماء.

سحابة سوداء قوية تتجه نحوهم، وأصوات صرخات تصمُّ الآذان.

وليام:

- أشك في كوننا نمتلك عقولًا لنبحث عن مثل هؤلاء بأنفسنا؟

قاميلر يستعد وهو ينظر نحو الجوجام الذي بدأ يحاوط المكان مِن كل جانب.

هومك يوجِّه نظره نحو العملاق:

- دعهم يذهبون بك نحو مغارتهم، إنها فرصتك.

أرما يقف أمام هومك:

- أيها القائد، ماذا نفعل الآن؟

دكلان:

- مع هذه الأعداد حتمًا سيكون الجواب لا شيء.

زيكاي:

- أمقت لغة الاستسلام أيها العالِم، إنها ليست مِن شِيَم الكبار، إن أردتَّ الموت فَمُتْ بشجاعة.

العملاق يركض نحو الجوجام، وتبدأ الأرض تستجيب لأقدامه وتهتز، ثم يبدأ في ضربهم بيده، فيتناثرون في كل اتجاه، وكأنهم رماد نار تلعب به الريح.

وليام منتشيًا بما يشاهد:

- شاهدوا كيف يسحقهم، وتعود الغلبة لنا أيها الحمقى المتبجحون.

زيكاي وهو يضرب على صدره:

- احتفِ بنصرٍ مِن صُنْعِ يدك، انظر جيدًا، إنهم يعودون للحياة سريعًا.

يسقط العملاق مرهقًا مِن قتال الجوجام، وتبدو آثار الجروح في كل مكان في جسده.

هومك يبعد أرما مِن أمامه بيده:

- لم يستطع مجاراتهم، حان دورنا للمواجهة.

يحاوطهم الجوجام مِن كل اتجاه، يتقدم أحدهم:

- بمن نبتدئ يا ترى؟ هل بشيخهم؟ أم بصغيرهم الأحمق؟

ويردُّ آخر وهو يشير بإصبعه نحوهم يعدُّهم واحدًا تلو الآخر:

- دعني أرَ.

جوجام:
- أيها الشيخ، مَن أقلُّهم؟ ومَن أكثرهم؟

هومك يقف صامتًا؛ فهو لم يسمع شيئًا.

جوجام:
- آه.. إن سمعك ضعيف، إذن سأعيد بصوتٍ أعلى. ويصرخ وهو يفتح فمه، حتى ظهرتْ جميع أنيابه دفعة واحدة:
- مَن أقلُّهم؟ ومَن أكثرهم؟

هومك:
- نحن وأنتم.

جوجام:
- ترى ذلك حقًّا؟ أم هي رهبة الموت؟

هومك:
- إننا نُولَد مِن أجل أن نموت.

جوجام:
- ونحن؟

هومك:
- لا نشترك في مسألة الموت على ما يبدو.

جوجام:
- بدأتُ أحب حديثك.

هومك...

جوجام:
- من تريد أن أبقيه منهم أيها الشيخ مكافاة لك؟

هومك:

- جميعهم.

جوجام:

- يزعجني أن شيخًا كبيرًا مثلك يُخطئ خطأً مزعجًا كهذا. ثم يأتي خلف وليام، ويغرس أنيابه في ظهره، ويقطع نصف ظهره، ليسقط وليام صريعًا.

يثور زيكاي، ويمسك بشعر الجوجام، ثم يقلب وجهه، وينظر نحو عينيه وهو ينفجر غضبًا.

جوجام يصمت، ويشير لجماعته بالهدوء، ويظلُّ يحدق في زيكاي ببرود متحديًا إياه.

يُخرِج زيكاي خنجرًا، ويبدأ في طعن الجوجام عدة طعنات، وما إن يجرح جانب من جسده حتى يعود كما كان، وكأنه يخترق رمالًا متحركة تعود لشكلها الطبيعي في ثوانٍ.

يمسك الجوجام بزيكاي، ويخنقه بيده حتى كاد أن يفصل رأسه عن جسده، ويرمي به في الهواء.

جوجام:

- إذا وقفتَ تصارع الموج الهائج بقطعة خشب متهالكة فلن تنجو.

صوت الأرض تهتز وتهتز، ظهر العملاق مخترقاً صفوف الجوجام، دهسهم بأقدامه، حمل الرجال بين يديه وابتعد بسرعة نحو الجنوب.

جوجام:

- اتبعوا ذلك الغبي، واقتلوه هو ومَن معه باستثناء الشيخ الكبير، أحضِروه لي، سأعود لاقتناص المزيد منهم.

الذئاب البيضاء

يفتح زيكاي عينيه بثقل شديد وهو مصاب برضوض متفرقة في جسده، يشاهد نفسه فوق قطعة من الأخشاب تجرها ذئاب بيضاء، وحولهم مجموعة من الأشخاص، ثم يغيب عن الوعي مرة أخرى.

فتح عينيه من جديد ليرى ريتشي تنتظره أن يفيق.

ريتشي:

- هل أنتَ بخير؟

زيكاي:

- نعم.

ريتشي:

- ما الذي حدث؟

زيكاي يرفع جسده قليلًا، ويحاول ألا ينظر مباشرة نحو ريتشي:

- إنها قصة طويلة، أين ذهبتِ؟ لقد بحثنا عنكِ طويلًا!

ريتشي:

- اعتقدتُّ أنَّ مكروهًا أصاب وليام، فتقدَّمتُ نحو الغابة دون تفكير.

زيكاي:

- كنَّا في مقدمة الشاحنة.

ريتشي:

- حقًّا! أشعر بالغباء، بالغتُ في تفكيري.

زيكاي:

- بحثنا عنكِ في النزل، التقينا بصاحبه وابنته، كانا ودودين للغاية، استقبلانا لعدة أيام، ونحن قادمون إلى هنا تفرقنا تحت وطأه هجوم آخر من تلك المخلوقات، أتمنى أن يمر هذا سريعاً، لم أعد أطيق تحمل المزيد.

، ونحن قادمون إلى هنا تفرَّقْنا بسبب تلك المخلوقات.

ريتشي:

- وليام بخير؟

زيكاي وقد بدا الارتباك ظاهرًا على وجهه:

- لا تقلقي، وليام برفقة الآخرين.

ريتشي:

- أتركك لكي ترتاح قليلاً.

زيكاي:

- مَن هؤلاء؟ وهو ينظر لداخل الكهف حيث نار التفَّ حولها مجموعة مِن الأشخاص.

ريتشي:

- قبيلة الذئاب البيضاء، هكذا أخبرتنا قائدتهم، إمرأة لطيفة جداً، لديها قطيع هائل من ذئاب الأشيب، توفر لهم الرعاية الكافية، تحاول حمايتهم من الظروف البيئية القاسية على حد قولها، فقدت بعضاً منهم، ما سبب لها الحزن وجعلها تصر على مضاعفة أعدادهم باصطياد الضال منها في الشمال هي مستأنسة لا تؤذي أحداً، وقريبة من أفراد قبيلتها.

زيكاي:

- ذئاب الأشيب! نادرة جداً، لمَ تحاول حمايتها، هل من أجل الفراء؟

ريتشي:

- لا أعتقد ثمَّة غرابة في الأمر بالنسبة لي، إلا أنها تعاملهم مثل أبناء لها.

زيكاي:

- وكيف وصلتِ إلى هنا؟

ريتشي:

- حسنًا، دعني أخبرك القصة الكاملة.

بعد عدة ساعات اتَّضح نزل خشبي مغطًّى سقفه بالثلوج أمام ريتشي ومالكا اللتَيْن توقَّفتا لالتقاط الأنفاس.

ريتشي:

- وصلنا للنزل أخيرًا، حمدًا لله، لا توجد بيوت قريبة منه.

مالكا:

- أسرعي لنقترب ونطرق الباب.

ريتشي:

- هيَّا بنا.

تقدَّمتا نحو الباب، وبعد عدة طرقات لم يجب فيها أحد قرَّرتا الدخول؛ إذ إن الباب كان مفتوحًا.

مالكا:

- لا أحد في الطابق العلوي.

ريتشي:

- غريب، ولا حتى هنا، النزل خالٍ تمامًا.

مالكا وضعت قطعاً من الخشب مربعة الشكل في المدفئة وقامت بإشعالها:

- يااااه! كم أحتاج للشاي الآن، القليل منه فقط يساعد على صفاء الذهن والتفكير بهدوء.

وبعد مرور ساعة طرق الباب، فقالت ريتشي:

- ربما عاد أصحاب النزل، سأفتح الباب.

تصرخ مالكا وهي تنظر مرعوبة بشدة، بينما تجمَّدت ريتشي واقفة بلا حراك أمام أحد الجوجام الذي يُظهِر ابتسامة مخيفة، ويقف فوق عتبة الباب محدقًا بريتشي.

تتراجع ريتشي نحو الخلف ولا زال الجوجام يبتسم كاشفاً عن أسنانه المتفرقة، صرخ فجأة مصدرًا صوت أنين حاد، وإذا به يشتعل نارًا، ويسقط أرضًا.

تدخل جماعة تقودهم فتاة:

- الحقير سيعاود النهوض خلال لحظات، لا نملك متسعاً من الوقت، لنتحرك حالاً.

مالكا تشير لريتشي بالموافقة، فيغادرون المكان مسرعِين.

بعد أن تجاوزا نصف المسافة، توقَّفا، كان في استقبالهم قطيع من الذئاب البيضاء، تقدمت الفتاة تلاطفهم وتحتضنهم كما تفعل أم مع أبنائها، تهمس إليهم بلهفة:

- ماذا هناك يا صغاري؟ هل غبتُ طويلاً؟

والذئاب تردُّ بعواء خفيف، ثم التفتتْ نحو ريتشي، ومدَّتْ يدها للمصافحة:

- أنا برير الكامتشا، قائدة جماعة الذئاب البيضاء.

فتمد ريتشي يدها في المقابل، وتعرِّف بنفسها وبمالكا.

برير:

- أهلًا بكما، نحن نقطن على بعد ساعتين مِن هنا في أحد الكهوف.

مالكا باستغراب:

- لم أكن أعلم بوجود قبيلة تعيش في الكهوف، أليستْ مقرًّا للدببة؟

برير وهي تبتسم:

- نقتل الدببة، ونأخذ أماكنها.

مالكا:

- حقًّا! كنتُ أعتقد أنها خطرة جدًّا.

برير:

- ليس على جماعتنا.

تقاطعهما ريتشي:

- عدد الذئاب كبير جدًّا، كيف تأمنون شرها؟

برير:

- إنها ليست ذئاب عادية، هذه فصيلة الأشيب نادرة ومستأنسة، لا تعض يدًا ساهمتْ في تربيتها.

ريتشي:

- أودُّ لو أقترب منها، ولكني أخاف الحيوانات.

برير:

- ستعادين على وجودها، وتألفين الاقتراب منها حين ترين طريقتها في حماية حدود القبيلة، هي بارعة في رسم أحوازها والتصدي لأي خطر.

وأكملوا المسير، تتقدمهم الذئاب.

ريتشي تقطع الهدوء:

- كيف تعرفين بأمر تلك المخلوقات؟

برير:

- هل تعنين إحراقها؟

ريتشي:

- نعم.

برير:

- هاجمتْنا تلك المخلوقات اللعينة عدة مرات، قتلتْ مِن الذئاب ومِن أفراد قبيلتي الكثير حتى دفعها أحد الذئاب للوقوع في النار، اعتقدنا في بادئ الأمر أنها تموت بالاحتراق، ولكن النار تعطّلها فقط لبضع دقائق ثم تستعيد الجلد مرة أخرى، وكأنها لم تمس بمكروه.

ريتشي:

- إذن هي لا تموت؟

برير:

- نعم.. جميع محاولاتنا للتصدي باءت بالفشل.

ريتشي:

- هذا محبط.

مالكا وهي تتنهَّد في حسرة:

- الكهوف.

برير:

- ما بال هذه الحسرة؟!

مالكا:

- كانت وجهتنا قبل أن تفرِّقنا المصائب، وتضيق بنا السبل.

برير:

- أيوجد غيركما؟

مالكا:

- نعم.. لديَّ ابنة، وامرأتان، وطفل، كان هناك رجل ولكنه لقي حتفه.

برير:

- تؤسفني خسارتك، أنا وقبيلتي على استعداد للبحث عنهم.

مالكا وملامحها تتبدل للفرح:

- حقًّا! سأكون ممتنة لكِ ما حييت.

صوت صراخ قوي يهزُّ المكان.

برير:

- ما هذا الصوت؟

رجل مِن قومها:

- لا أعرف، إنه غريب.

برير:

- لا ينتمي للوحوش اللعينة.

الرجل:

- إنه صوت ضخم، وكأنه يصدح مِن السماء.

برير:

- استعد، ذاهبون للتقصي عن مصدره.

الرجل:

- نرسل الذئاب أوَّلًا؟

برير:

- لا حاجة لذلك، المخاطرة بهم فكرة غير صائبة، أرسلهم للكهوف برفقة بعض الرجال.

ثم تُوَجِّه حديثها لريتشي ومالكا:

- أنتما في ضيافتنا، الكهوف وقبيلتي كلها تحت تصرفكما، اسمحا لي بالانصراف، هيا لننطلق.

الرجل:

- ولكن...

برير:

- لا تعطلني، الوقت يداهمنا.

تحوُّل

تهتز الأرض بشدة إثر وقع أقدام العملاق على الجليد وهو يركض مبتعدًا عن أسراب الجوجام التي تلاحقه.

أرما:

- أيها القائد، انظر.. إن العملاق يتحول إلى اللون الأسود ابتداءً مِن أقدامه.

هومك يخاطب العملاق:

- ما الذي يحدث لك؟

يردُّ العملاق:

- حين يقترب اللون الأسود مِن ذراعي سأفلتكم، ولكن إياكم والعودة، أو النظر إلى الوراء، اركضوا نحو الأمام بكل سرعة.

هومك:

- وماذا عن المغارة؟ ألا تريد الذهاب إليها؟

العملاق:

- انسَ أمرها الآن، وامضِ أنتَ ورجالك نحو الأمام، ولا تعد أدراجك.

دكلان:

- هل سننجو مِن الموت بهذه الطريقة؟

العملاق:

- بل ستؤخره، إن النجاة مِن الموت هي الموت في وقت آخر.

دكلان:

- وما الفائدة إذن؟

هومك:

- الوقت.. إنه يعني الوقت.. سنتمكن أن نحدث الفارق في وقت أكثر، وبتأجيل الموت يمكننا أن ننجو بطريقة ما.

العملاق وهو ينحني وينزل الرجال، يتبدَّل لونه بالكامل إلى اللون الأسود، ثم يرفع رأسه إلى السماء، ويصرخ بصوت مرعب، وقد تغيَّرتْ ملامح وجهه بالكامل، حتى أصبح أقرب لكائن متوحش، ثم يركض نحو أسراب الجوجام، ويصطدم بهم، ويقاتلهم بشراسة، يرفع مجموعة كبيرة في يده ويلقي بها في جوفه ويعض على نواجذه، عيناه تضخمتا حتى كادتا تخرجان من محاجرها، يتقافزون على ظهره، يثني يده نحو الوراء قابضاً عليهم، يرفعهم بين أصابعه ويمزقهم إربًا إربًا، يقذفهم عن وجهه في الهواء بقوة هائلة اكتسى المكان باللون الأحمر القاتم، وانتشرتْ رائحة الدماء في ساحة القتال.

هومك وهو يركض مع رجاله:

- لقد حذَّرنا مِن لمسه، بيد أنه ضحَّى مِن أجل أن ننجو، يا له مِن عملاق غريب!

أرما:

- تبدَّل بمجرد أن احتضننا، وبدأ يركض كالمجنون.

دكلان:

- قاميلر، لا تتوقف، هل أُصِبْتَ بأذًى؟

قاميلر وهو يلهث:

- أصابني التعب، لستُ معتادًا على الركض لمسافات طويلة.

دكلان:

- هل يوجد مكان نستطيع أن نتوقف به؟

هومك:

- انظروا، لقد اقتربنا مِن المنارات.

وبعد أن اتضحتْ لهم الرؤيا أكثر وجدوا أنفسهم أمام منارات الإنذار التي تحذِّر مِن الانهيارات الجليدية.

هومك:

- هيَّا إلى إحدى تلك المنارات حتى نلتقط أنفاسنا.

دخلوا المنارة الأولى التي بدتْ فارغة مِن الأحياء، رائحة عطنه نفاذة، وعفونة الجثث تعلق في الهواء، بقايا العاملين فيها متفرقين على الجدران.

أرما:

- أووه! الرائحة كريهة تضيق الأنفاس.

هومك:

- إلى أعلى، لا نريد أن نخاطر بالخروج والتنقل.

وبعد أن صعدوا السلم، وجدوا الغرفة الرئيسة لإطلاق صفارات الإنذار خالية تمامًا وشاشات تملأ منصة وحدة التحكم، الكثير من الأزرار الحمراء التي تأخذ شكل الدائرة بارزة، وذبذبات بعض الأصوات الملتقطة من الخارج لا زالت بعض الأجهزة تعمل بينما تمسح أخرى المنطقة باستمرار، مظهرة الكثير من النقاط في مساحة خضراء تمثل مناطق الشمال، لديها كفاءة عالية في رصد تمدد الجليد، وتحديد المناطق المعرضة لوقوع انهيارات، التي تضاعفت بشكل ملحوظ في الآونة الأخيرة ولكن لا يوجد بها جثث.

هومك:

- جيد، سنبقى هنا ريثما نعدُّ للخطوة القادمة، إن الوقت يداهمنا، وأعدادهم تتضاعف.

دكلان:

- إن أعدادهم تزداد لمجرد أن يقتلوا البشر.

أرما يلتفت وعلى وجهة علامات استفهام:

- مجرد استنتاج أيها العالم أم حقيقة محضة؟

دكلان يرمق أرما بنظرة سريعة، وهو يتجه نحو وحدة التحكم ليقف أمامها:

- غدًا ستعرف أنها حقيقة.

قاميلر:

- لن أغفر لهم حتى لو كانوا نصف سكان الكرة الأرضية.

دكلان:

- تجاربنا أخفقتْ في التصدي لمثل هذه الكارثة، ولا زال الكثير في هذا العالم نجهله قد يظهر في أي لحظة، لم نعتقد أننا بصدد كارثة بهذا الحجم، الواقع لا يشبه الورق ولا تخمين العلماء في مختبر أبحاث.

قاميلر:

- أنا الرجل البسيط، قد أختلف معك يا دكلان، لغة الاستسلام في المصائب تزيد الأمر سوءاً، لا أعني بالضرورة التعلق بالآمال الزائفة لإقناع نفسي والأخرين، هو مجرد تفضيل للموت في فضاء مريح لا سوداوي.

دكلان:

- هه.. إني فقط أواجه الحقيقة المُرَّة.

هومك:

- ما الذي أتى بك إلى هنا أيها العالِم؟

دكلان:

- كُنَّا نبحث عن نقطة خروجهم؛ كي نغلقها، لم نعرف ماهيَّتهم، وما نقاط القوة لديهم والضعف، ولكن نعرف أنهم قادمون لا محالة، وتحركاتهم في المرة السابقة كما نقل إلينا كانت أضعف ومختلفة عمَّا شاهدناه بأعيننا.

هومك:

- أليس مَن تصدَّى لظهورهم الأول منكم؟

دكلان:

- بل قبل أن نأتي إلى هنا بليلة واحدة كانوا قد اختفوا في ظروف غامضة دون مواجهة تُذكَر.

هومك:

- لم تلحظ ضدهم نقطة ضعف واحدة فقط تمكِّننا مِن استغلالها أثناء مواجهتهم؟

دكلان:

- للأسف.. كان هناك سائل أخبروني بأنه الحل الوحيد، ومِن الممكن أن يكون قاتلًا لمن يريد اختباره، حقنتُ نفسي به حين شعرتُ بالانهزام والخذلان، وانظروا النتيجة، لاشيء، بل مِن الممكن أن أموت في أي لحظة.

قاميلر:

- اعتقدتُّ أنك لا تعرف أي شيء عن هذه المخلوقات.

دكلان:

- لا أملك شيئًا يبدو مفيدًا أو منقذًا لنا، هذا ما في الأمر.

هومك وهو يثني رأسه نحو الأسفل:

- المهم هو أن نجد ما تبقَّى مِن قومنا الآن.

قاميلر يذهب لتفقد الشاشات

أرما وهو يقترب مِن هومك بصوت خفيض:

- قائدي المغارة التي أخبرنا بأمرها العملاق والقلادة حول عنقك ربما كان يرمي لكونها حلاً.

هومك:

- حتى لو افترضنا صحة التكهنات المكان مجهول لكلينا.

أرما:

- أتعني أنه لا توجد مغارة هنا؟

هومك:

- هذا ما أعرفه على الأقل.

أرما:

- أوقعنا في حيرة.. لم يرشدنا إلى شيء.

هومك:

- ظهوره وما قام به يرشدنا إلى الكثير، آمُل أنْ نفهم ذلك قبل فوات الأوان.

فجأة ارتفع صوت خبطة قوية هزت الجدران.

قاميلر وهو ينظر من خلال ثقب صغير في جدار المنارة:

- يا للهول، إننا محاصَرون.

دكلان:

- هذه هي النهاية.

هومك وهو يسحب قاميلر إلى الخلف، وينظر في نفس الثقب:

- يعرفون يقينًا أننا في الداخل.

أرما:

- لا مجال للشك، الوضع خارج عن السيطرة، القتال، ثم القتال.

قاميلر:

- حانت اللحظة التي تمنيت الحصول عليها من أجل صغيرتي.

دكلان وهو يضحك في استهتار:

- تتحدثان وكأننا جيش! نحن أربعة أمام أعداد تفُوقنا بمرَّات مِن الوحوش.

هومك:

- الوحوش الذكية، لذلك هذا في صالحنا بعض الشيء، هم لا يقومون بالقتال لمجرد القتال، إنهم يسيرون وفق خطة، وإذا أردنا أن ننجو فعلينا فَهْم ما الذي يدفعهم للهجوم أحيانًا، وما الذي يبقيهم متجاهلين تمامًا لوجودنا أحيانًا أخرى.

قاميلر:

- وحوش وضيعة، رأيت هذا بأم عيني، ينتقون أفراداً دون آخرين.

دكلان:

- من الصعب التنبؤ بتحركات عدو بعيد عن عينيك.

هومك:

- لا بأس يا رفاق، لنرمي بيدقًا كبش فداء مقابل فتح الطريق نحو الملك.

أرما:

- ولكن كيف لنا فَهْم تحركاتهم؟

هومك:

- لدي خطة: سنتَّبع طريقتهم في الهجوم، نتلاعب بهم، نفترق في اتجاهات مختلفة، ونراقب تحركاتهم، اثنان مقابل اثنين، ثمن ندفعه لاكتشاف الحقيقة.

أرما:

- أنا سأبقى معك أيها القائد.

هومك:

- أرما سترافق قاميلر، وتخرجان مِن الخلف حينما أشير لكما بالتحرك، دكلان باقٍ معي.

أرما:

- ولكن...

هومك:

- أرما أرجوك.

أرما:

- حسنًا.

قاميلر:

- رهن إشارتك.

وفي الجانب الآخر خارج المنارة يأتي جوجام يتحدث إلى قائدهم.

القائد:

- ماذا؟! هل أنت متأكد ممّا تنقله؟

جوجام:

- نعم.

القائد:

- لا تخبر أحدًا غيري، هل فهمتَ؟ وإلا سأعلِّق رأسك بين السماء والأرض.

جوجام:

- أمرك أيها القائد.

القائد:

- فلننقسم إلى مجموعتين، الأولى ستحضر لي هومك حيًّا، وتقتل مَن معه، والأخرى ستأتي معي في مهمة.

وحينما توارتِ المجموعة مع قائدهم عن الأنظار، تقدمتِ الأخرى نحو المنارة.

هومك:

- بينما نتصدى لهم، تحركا نحو الخلف الآن، حظًا موفقًا لكما.

أرما بحنق شديد:

- ماذا!؟ هل جننت؟! ألن تهرب؟! لست مستعداً لتقديمك كالطعم سامحني لن أبرح مكاني.

هومك وهو يمسك بكفَّي أرما، ويشدُّ عليهما بقوة:

- كن يقظًا يا أرما، ابنتك وزجتك في انتظارك، ثق بي.

قاميلر وهو يجرُّ يد أرما:

- هيَّا أسرعْ، لا تقفْ كثيرًا.

يدخل الجوجام المنارة، فينظر هومك إليه واقفًا أمامه.

جوجام:

- هومك.. هومك أيها الرجل المسن، ما رأيك في نزهة قصيرة برفقتي.

هومك:

- تعرف اسمي! مثير للدهشة فعلًا! إلى أين؟

جوجام:

- أنتَ تستمع فقط ولا تطرح الأسئلة.

هومك:

- أوه.. مؤلم، لم أكن أعرف أن أنيابًا قبيحة مثل هذه تستطيع الحديث بخفَّة.

جوجام:

- لا تستفز أعصابي أيها العجوز المزعج، هلّا تصمت وإلا أرديتُكَ قتيلًا.

هومك:

- أتحرق شوقًا لذلك.

جوجام بغضب يأمر اثنين بإمساك هومك.

هومك:

- أتريدني أن أذهب معكم وحدي؟

جوجام:

- بكل سرور.. لا تخْف، سآمر البقية مِن رجالي بتعقُّب مَن كانوا معك، وإحضار رؤوسهم إذا كنتَ تريدها للذكرى.

هومك وقد بدا على وجهه الاستغراب وهو يلاحظ أن الجوجام يتجاهل دكلان، ثم يردف ليتأكد:

- أقصد أيها الغبي في هذه الغرفة، ألن تأخذ سِوَاي؟

جوجام وهو يلتفت في أرجاء الغرفة:

- عجوز خَرِف، لا يوجد غيرك، أنتَ تطيل الحديث بلا فائدة، هيًّا خذوه.

هومك يشير لدكلان بأنه المقصود بما سيقول، بينما كان دكلان مذهولًا، فردَّ بإشارة لهومك بأنه فهم ما يرمي إليه.

هومك:

- حاوِل أن تجد لنا مخرجًا.

ويأخذون هومك، ويختفون في لحظات.

دكلان يخرج وهو يضحك، ويصمت للحظات، ثم يضحك، ثم يركض ويركض دون توقُّف وهو يفكر فيما يملكه الآن مِن قدرة يستطيع بها أن ينجو، قائلًا في نفسه: إنهم لا يستطيعون رؤيتي.

بطولة مختلفة

خافيير وهو يتوسط المكان والجميع حوله:

- هل أنتم مستعدُّون لسماع الخطة الآن؟

إنويت ينظر نحو عليم بشيء مِن الراحة وينصت، بينما خافيير يلمح النظرات المتبادلة ويبتسم بهدوء:

- نعم.. الخطة الغريبة التي جعلتْ عليم يجعلني أبدو شخصًا سيئًا.

عليم تبدو علامات الارتباك على وجه ظاهرة!

خافيير:

- حان الوقت أن نخرج مِن هذا المكان لأمرين لا ثالث لهما، إمَّا النجاة، وإمَّا الموت، ولا أقصد أن الخطة ستهبك أحدهما، ولكن ستزيد مِن فرص النجاة على الأقل.

سننقسم إلى مجموعتين، الأولى بقيادة إنويت، وأرجم، وساجو، ومالا، والطفل، والأخرى بقيادتي، وستيف، وعليم، والعمة خيتا، وسنحمل على عاتقنا حمْلها إذا لم تستطع السير، ولكن الاتجاه الذي سنسلكه مختلف تمامًا، أحدهما صحيح، والآخر ربما خاطئ أو أكثر خطورة؛ لذلك سنصوِّت على الطريقين ونختار، ثم نتحرك غدًا في الصباح؛ لأن الليل أكثر عتمة، على الأقل تتحسَّن الرؤيا في أوقات الصباح حتى لو كان اليوم كله مظلمًا، هل هذا واضح؟

عليم وهو يتفادى النظر لعيني خافيير تجنبا للحرج:

- نعم واضح.

إنويت:

- اشرح لنا مسلك الطرق لنختار.

خافيير:

- الأول مِن هنا نحو منطقة الشجيرات، ثم الوصول، ربما يكون النزل مهجورًا الآن، وبعدها إلى الكهوف للتحصن، ومِن هناك سنكمل نحو النهر، ونذهب على امتداده حتى نصل إلى نقطة استطعتُ تحديدها، وأعتقد أنها ستقودنا إلى شيء. أما الثاني فمِن هنا إلى منطقة الوادي، وتجاوز الجبلين ثم التحصن خلفهما، ومِن ثم المرور بمكان القبائل ثم النهر لنلتقي في نفس النقطة.

إنويت:

- هل الانقسام ضروري؟ لمَ لا نتحرك في جماعة؟

خافيير:

- إني أزيد الفرص هنا، فليس الهدف الانقسام لمجرد الانقسام.

إنويت:

- آها.. هذا واضح.. حسنًا.. سأختار الأول إذن. ويلتفت نحو فرقته والتي بدتْ على وجوههم الطمأنينة لقراره.

خافيير:

- ولكن بعد قليل سأذهب أنا وعليم لتمشيط المنطقة، والتأكد مِن خلوِّ الخطر.

عليم وهو ينظر نحو خافيير:

- جاهز.

خافيير وهو يقترب مِن عليم وبصوت منخفض:

- سأقبل بهذا كاعتذار لتشكيكك في نواياي.

عليم:

- أنا لم...

خافيير وهو يمدُّ يده نحو ذراع عليم:

- لا عليك، وأنا قبلتُ.

وبعد ساعات يستعدُّ خافيير وعليم للذهاب إلى الخارج.

خافيير لعليم:

- هل تأكدتَ من جاهزية الشعلة؟

عليم:

- نعم كما طلبت.

خافيير:

- لا ترفعها إلى أعلى دون إشاراتي، الظلام ثقيل هذه الليلة، كن بالقرب، لن نبتعد كثيرًا، سنفتش المنطقة لتقصي طريق سهل ثم نعود سريعًا.

عليم:

- امم.. أعتذر لمضايقتك، كنت أرعناً وتعجلت في تحليل ما رأيته، لا أعرف كيف أكفر عن ذنبي.

خافيير:

-ستُكَفِّرُ عن ذنبك، لا تقلق.

عليم:

- المكان هادئ اليوم.

خافيير:

- كن متيقظًا، الهدوء قد يشكِّل خطرًا.

عليم:

- حسنًا.

وبعد أن وصلا إلى داخل منطقة الشجيرات سمعا أصوات ارتطام أقدام يحاوطهما.

خافيير لعليم:

- أشعِلِ النار.

عليم وهو يشعل النار وإذا بثلاثة مِن الجوجام، واحدة تقف في الخلف، والأخرى في الأمام، وجام في المنتصف.

تبتسم جام، وتُظهِر أنيابها في منظر مروّع، وتتحدث إلى خافيير:

- أهنئك على هذا الخيار.

خافيير:

- خافيير في خدمتك سيدتي.

جام:

- لقد حل لغز الأنهار يا صاحبي، ووردتني معلومات دقيقة بشأن خروج العملاق الهائم على وجهه في الجليد الواسع، تبقى أمر أخير لا يخفى عليك، ما إن ترى أسراب الحمقى جماعتي تحلق باتجاه الشمال؛ عاكسها الاتجاه وستنجو، انتهى الاتفاق، أنت حر الآن.

عليم وقد أصابته الدهشة ممَّا رآه:

- الخائن الحقير.. ويبصق في وجهه قائلًا: سأنتقم منك شرَّ انتقام يا نكرة.

خافيير وهو يبتسم في خبث:

- لقد أخبرتُكَ آنفاً، ها قد كَفَّرتَ عن ذنبك.

عليم وهو يصرخ:

- وكيف ستُكَفِّر عن ذنبك؟

خافيير وهو يغادر المكان ويختفي بين الشجيرات:

- ضميري في سبات شتوي، آسف يا صديقي.

ثم يُقاد عليم إلى جام، ويعود خافيير إلى النفق أسفل البيت الجليدي وهو يلهث، ويبدو على ملامحه الحزن.

يجتمعون حوله في قلق:

إنويت وهو ينفض الثلوج عن معطف خافيير:

- التقط أنفاسك، ما الذي حدث؟

خافيير:

- هوجمنا ونحن في طريق العودة، تأخَّر خلفي، وفي لمح البصر كان في قبضتهم.

إنويت:

- أووه.. لا، النار، لمَ لمْ تستخدما النار لإيقافهم؟

خافيير بصوت مرتجف:

- شل تفكيري، تشابكت الأحداث بسرعة مباغتة، صدقني تلك الأسراب لا أجد لها وصفاً مناسباً، سامحوني أرجوكم.

إنويت:

- تركه في الخارج يفوق احتمالي يا رفاق، هيا بنا لنبحث عنه.

خافيير:

- ألم تسمع ما قلته للتو؟ فرقتك في حاجتك أيضاً، هل تضحي بهم بكل سهولة؟ لا أستطيع وحدي حمايتهم والانتقال بهم.

إنويت وهو يحكم قبضته على خافيير:

- غلطتي أن أدع عجوزًا أحمقَ في مكان قيادة لا يستحقها، كيف تمشط منطقة خطرة في ظلام دامس؟ عاجز، غبي، بلا فائدة!

خافيير وهو يفلت قبضة إنويت، ويقذف بيده بعيدًا:

- اعرض قوتك بتبجح في الخارج، آمل أن تحافظ على حياتك أكثر من دقيقتين يا فتى.

يتدخل أرجم وساجو لتهدئة الخلاف، فيقول أرجم وهو يمسك بخافيير:

- الجميع معرض لارتكاب الحماقات، خافيير، إنويت لا يقصد إهانتك، هو قلق على عليم فقط.

خافيير يبتعد في صمت

ساجو:

- أنا آسفة لما حدث لعليم.

إنويت:

- لن أسامحه على فعلته.

ساجو:

- حاوِلْ أن تهدِّئ من روعك، أريد إخبارك بأمرٍ هام.

إنويت وهو ينظر نحو ساجو باهتمام:

- ما الأمر؟

ساجو:

- العمة خيتا رأتْ قائد قبليتنا هومك في المنام يبتلعه السواد، وهي قلقة بشأنه، وتريد أن تتسلل خارج النفق دون عِلْم خافيير، سنتحرك أثناء نومه، ونخرج مِن هنا للبحث عنه، فوالدي برفقته.

إنويت:

- ضقت ذرعاً بهذا المكان البائس.

وفي الليل إنويت يخبر رفيقيه برغبته في تْرك المكان سرًّا.

أرجم:

- أعددت لمثل هذا اليوم، حقيبتي مليئة بالشعلات، آمل أن تستطيع إنقاذنا من ورطة، أتعلم؟ أحمل هم قافيك الصغير، صنعت له من الجلد رداء ثقيلاً تحسباً لموجات البرد القارسة.

إنويت:

- جيد، ما بالك يا ستيف شاحب الوجه؟

ستيف:

- لا تعتبر رأيي يمس شخصك يا إنويت، لن أترك المكان، ليس في مثل هذه الظروف، اعذرني.

إنويت وهو يشدُّ ستيف نحوه:

- لن تبقى خلفنا، فهمتَ.

ستيف:

- قراراتي تخصني وحدي، الخارج الذي تتطلع إليه خلف الباب هو الموت.

إنويت وهو يفلت ستيف:

- أحترم رغبتك، ولكن الموت الذي تتحدث عنه يستطيع القدوم إليك في أي لحظة.

تسلَّل الجميع إلى الخارج، وبقي ستيف في النفق برفقة خافيير.. عبروا منطقة الشجيرات، ثم وصلوا إلى النزل.

إنويت:

- وصلنا يا رفاق، لنقضِ الليلة هنا.

أرجم وهو يحمل قافيك على أكتافه:

- آمُل أن يكون آمنًا.

ساجو:

- الأنوار مضاءة بالداخل، لا يبدو لي كمكان مهجور.

اقتربوا من الباب، سمعوا أصواتاً في الداخل، طرق إنويت بحذر.

فتح الباب وإذا بقاميلر ماثل أمامهم.. رحَّبَ بهم، وأدخلهم على الفور.

وقفتْ ساجو والدموع تملأ عينيها وهي تنظر إلى الرجل الذي يقف أمام المدفأة، واندفعتْ نحوه:

- أبي.. حمدًا لله أنك بخير.

أرما وهو يفتح ملء ذراعيه لابنته:

- أشعر بالحياة تدبُّ في جسدي مِن جديد، كيف حالك؟ من هؤلاء القوم؟ أين مالكا لا أراها؟

وبعد أن حكتْ ساجو إلى والدها ما حدث قال لها:

- هل تعرفين في أي اتِّجاه ذهبا؟ مِن المطَمْئِن أنها برفقة كيجا، ولكن علينا البحث عنهما في أقرب فرصة.

ساجو:

- نعم.. نحو منطقة الشجيرات التي مررنا بها في طريقنا إلى هنا، ولم نلحظ أثراً لوجود أشخاص.

أرما:

- لا أحد يستطيع التوقف في مكان محدد بعد الآن، لا أستبعد أنهما تجاوزا إلى وجهة أخرى، أنا سعيد حقًا لأنني عثرتُ عليكم.

العمة خيتا:

- أرما يا بُني، هل القائد هومك يستريح في الأعلى هنا؟

أرما:

- لا.. القائد ظل في المنارة في محاولة منه لفهم ما تريده تلك المخلوقات (ثم ينحني برأسه للأسفل) دفع بي للبحث عنكم، واصطحبني قاميلر لنزله، لديه الكثير من الزلاجات في الأسفل، لا بد لنا من إيجاد طريق للخروج من هكذا مأزق.

العمة تحدِّث نفسها: آمُل أن يكون بخير.

إنويت وهو يرمي الأخشاب في المدفأة:

- سيد أرما، أود محادثتك بأمر القبائل التي تقطن الشمال، وقعت بين يدي قصاصات من الأخبار، ناقصة، لا أعرف مدى صحتها، كم عدد القبائل التي تعرفها جيداً لو حددنا المناطق الأبرز هنا؟

أرما:

- أربع، ومنها قبيلتنا، وهناك أعداد صغيرة تنشقُّ عن القبائل باستمرار رفضًا منها لسياسات القبيلة. بعضها يقتضي مقاسمة الصيادين فيما يصطادونه، يرى البعض أن القبيلة التي تحوي عددًا من الكسالى لا تستحق المقاسمة، ليس من باب العدل، تخيل أن تخرج في رحلة تتكبد فيها خسائر وتعود برماح متكسرة ويدين داميتين من أجل أن يقتسم معك عشرة رجال سمكة واحدة بدلًا من أسرتك الصغيرة، هذا ما فرق المجموعات الكبيرة إلى أخرى أصغر، وشتتهم في البقاع، حتى إن مات الرجل عن أهله، قامت الأم بدورهما معًا، حاملة أطفالها بحقيبة جلديه على ظهرها. الحياة كبد يا بني، ومتاعها الأسرة الهانئة لا التجمعات الجشعة التي تسحق قوة يومك وتزاحمك في لقمة العيش.

إنويت:

- لم يتبادر إلى ذهني أن الحياة تشدَّ أوزارها، وتثقل في هكذا مكان منعزل، يهدِّد النفس البشرية على الدوام، لكن هناك من يرى فيه سماءه وأرضه القريبة من

قلبه، منبعه وحياة أجداده، موطنه الذي فقد. بالمناسبة هل تعرف قبلية الهوساي؟

أرما:

- بالتأكيد، ومَن لا يعرف القبيلة المشؤومة؟! لقد هوجمَتْ منذ سنوات طويلة، ولقوا حتفهم جميعًا.

إنويت:

- هل بقي منهم أحد؟

أرما:

- لا أعتقد.

إنويت:

- إذا أردتُّ أن أبحث عن أراضيهم، فإلى أي اتجاه أسلك؟

أرما:

- لا يوجد طريق سيوصلك إلى هناك؛ فالانهيارات المتتابعة جعلتْ مِن أراضيهم واديًا بين جبلين خطرًا لكثرة انهياره بين الحين والآخر.

إنويت:

- أممم.. ويعود للصمت.

خلد الجميع للراحة بعد عناء الطريق، وبقي أرما وقاميلر للحراسة.

قاميلر وهو يمرر قدحاً من الشاي لأرما:

- عطفاً على حديثك لذلك الشاب، ساورني حزن غريب أحسست به في نبرات صوته وهو يلحُّ في طرح السؤال، عادت بي الذاكرة إلى الوراء دون أن أشعر لملامح ابنتي التي ظلَّت تسألني باستمرار عن أمها، وفي كل مرة أخبرها بذهابها في رحلة طويلة نحو القمر، تهرع إلى كتابة الأحرف المتقطعة وتعلقها في مقدمة الزلاجات (يوماً ما يا

أبي تتغير الطرقات نحو السماء بعد جفاف الأرض، وهناك لن يفوت أمي من الأحداث شيء، كلها هنا، دونتها في الرسائل، لا أدري ماذا فقد الشاب، أكاد أجزم أن لغة الحزن واحدة، تتجاوز حدود اللغات دومًا، أعلم أن هرطقات رجل عجوز يهذي بحكاية غير مكتملة أمام نزله، هي ضياع للوقت، لكن ماذا لو تغيرت الطرقات فعلًا، وذهبت ابنتي لجوار أمها في السماء، ونسيت أهم شيء كانت تستيقظ كل يوم من أجله في جيب ذلك العجوز.. رسائلها لا زالت هنا، هذه كومة الأفكار الصغيرة، هي أكثر ما يرعبني، النظر إليه أكثر حتى من رؤية الموت نفسه.

أرما:

- هذا العجوز الذي تتحدث عنه بأسى يحوي مئات الأرواح في نزله، نحن لا نرتب الأحداث وفق ما نريد، بل نعيد ترتيب ذواتنا وفقًا للأحداث.

انشقاق

جام وهي تنظر نحو عليم:

- لا تخف، لن أقتلك، ولكن أحتاج القليل مِن دمك في كل يوم.

عليم وهو ينظر إليها في اشمئزاز:

- اقتليني، ولكن لا تبقيني هكذا فترة أطول أحدِّق في وجهك البشع مع ظلام هذا المكان، فالموت رحمة لي.

جام:

- أوه! البشر جلُّ ما يتقنونه هو الكلام، الكثير مِن الكلام.

عليم:

- ولمَ تريدين القليل مِن دمي؟ هل هو غذاؤكم؟ لا أعتقد.. فأنا شاهدتُ كيف تقتلون دون تردد، وتبقون الجثث في كل مكان، ما الذي يريده قومك؟!

جام:

- قومي! أنا لستُ كسائر قومي، أنا أسعى لأن أكون مميزَّة لا تتبع غرائزها؛ لذلك أُبقيكَ حيًّا، لكني لا أستطيع ألا أتذوق دمك، ولو قليلًا، فَأَبْقِ فمك مغلقًا، فأنت تُفقِدني صوابي، وأنا لا أرغب في قتلك.

عليم:

- أنتِ تدعين.. لمَ أحضرني خافيير إلى هنا؟

جام:

- يريد إنقاذك ومَن معك.

عليم بشيء مِن السخرية:

- أوه حقًّا! بإطعامنا لوحوش لا نعلم مِن أين أتت، ويفرُّ هو وحده، أو ربما يلقى مصيره؛ لأنه قذر.

جام:

- ألا تعي ما أقول؟ أنا لن أقتلك، أحتاج لدمك فقط، والقليل منه، أنا لستُ كسائر جماعتي التي شاهدتَّ، أنا منشقَّة، ومِن الممكن أن أعاقَب على فعلتي هذه، لو أردتُّ قتلك لفعلتُ في ثوانٍ، بينما أحادثك الآن.

عليم يراقب المكان، ويحاول إمعان النظر:

- هل هذا مقرُّكم في باطن الأرض؟

جام:

- أنتَ فعلًا تشكِّل خطرًا بوجودك هنا.

عليم باستغراب:

- أنا خطر!

جام:

- حددتَّ أننا في باطن الأرض رغم أن كل شيء حولك مظلم، بالكاد ترى شيئًا.

عليم:

- المكان هنا دافئ دون وجود نار، فمِن الطبيعي فَهْم أننا في عمق الأرض.

جام:

- اسمع يا هذا، جماعتي تشتمُّ رائحة العقول، وهي تسعى لإبادتها؛ حتى تقلِّصَ فرص النَّجاة بالنسبة لقومك، ولكني سمعتُ بأنهم يواجهون مشكلاتٍ مؤخَّرًا تشتِّت أذهانهم.

عليم:

- رأيتُهم يقتلون بعشوائية لا انتقائية كما تدَّعين.

جام:

- إنهم يفعلون ذلك مِن أجل تشتيت انتباهكم لا أكثر؛ لأنهم يعلمون أن البشر يدرسون أي عدو يهدد حياتهم، وما إن تفعلوا حتى تكون الغلبة لصالحكم.

عليم:

- العقول أولًا، ثم التشتيت ثانيًا، لمَ كلُّ هذا؟!

جام:

- مِن أجل أن يستعيدوا الأرض في أقل مدة ممكنة.

عليم:

- ما كل هذا الهراء؟ إنهم وحوش برية، وهذا المكان شهد منذ آلاف السنين تواجد مخلوقات تظهر ثم تنقرض فجأة.

جام:

- أنت عنيد حقًّا، أنصِتْ إليَّ، أريد مِن دمك، وسوف أُخرجِكَ مِن هنا حالًا؛ حتى لا أقع في ورطة.

عليم:

- مستحيل، أفضِّل الموت على مساعدتك، ولا شيء غير الموت.

جام:

- هل أنتَ غبي؟ سيعثرون عليَّ مِن خلال عقلك.

عليم:

- إذن أخرجيني دون أن تمسّي مِنّي شعرة، أو اقتليني.

جام:

- سأتركك تفكر، حاول أن تردَّ سريعًا لأجل حياتك.

عليم يصمت، ويجلس في مكانه واضعًا يديه على ركبتيه، وبعد لحظات نادى عليم بصوت مرتفع:

- حسنًا.. لديَّ سؤال يدور في خلدي.

ردَّتْ جام مِن بعيد:

- اسمي جام، تفضَّل.. إنك مزعج، وتتحدَّث كثيرًا.

عليم:

- هل دماؤنا هي التي تبقيكم أحياء؟

جام:

- لا بالتأكيد، وإلا لما زلتَ حيًّا تُرزَق.

عليم:

- لمَ تريدين القليل؟

جام:

- لاكتساب خواصّ جديدة تساعدني في حال أُلقِيَ القبض عليَّ مِن قِبَل جماعتي؛ كي أهرب ولا أموت إذا اختلطتْ مسارات الأرض.

عليم:

- مسارات الأرض!

جام:

- نعم، مسارات الأرض ستختلط كما فعلنا في المرة الأولى، إن قومي يكررون الأخطاء؛ ليتفادوا وقوعها في مرات قادمة، ولكني بتُّ أشكُّ أن هناك مراتٍ أخرى على أيّ حال، انظر إلى الحائط أمامك، سأسمح لك بإشعال النار لوقت قصير جدًّا؛ حتى تتضح لديك الصورة، كل ما أتحدث عنه مرسوم بخط بشري، كان قائداً لا يشق له غبار، تُدعَى جماعته بقبيلة الذئاب البيضاء، إنهم يقطنون في الكهوف برفقة أندر الذئاب.

عليم:

- حسنًا.. لا أعرف.. هل أشكرك؟ أممم...

تقاطعه جام:

- لا تفعل، لا أحب الكذب، ليس مِن أجلك أفعل كل هذا، بل لأجل نفسي فقط، لا أستحق شكرك.

عليم وهو يشعل النار بجانب الحائط، ويرى ما كُتِبَ عليه، ويقرأ بتمعُّن شديد:

إذن للأرض ثلاثة مسارات حقًّا، أحدها مشوَّه تمامًا كان نتيجة للهجوم الأول الخاطئ الذي يتحدثون عنه، وطريقة النجاة الوحيدة هي فتح المسارين باتِّجاه بعضهما؛ حتى يختلط مسارهما بالمسار الجديد المشوَّه، ثم يزول الخطر مِن هنا، ولكن كيف يحدث ذلك؟ لم يُدَوَّنْ أي شيء بعد ذلك.

جام:

- الباقي دونه لدى ابنته القائدة التي تولَّتِ المهام مِن بعده، وتُدعَى برير.

عليم:

- أنتِ لا تعرفين كيف تُفتَح تلك المسارات.

جام:

- ليس بالتحديد، ولكن أعرف كيف يمكن أن نبطلَها، هناك يوم في السنة مِن الشهور الستة المظلمة على الشمال يحرم فيها اصطياد الذئاب البيضاء، ولقد وقع المحظور واصطادتْ قبيلةٌ ذئبًا قيل لأنها أرادت أن تكافئ شابًّا على حروبه معها، وتقليده عظام ذلك الذئب، تلك القلادة هي التي عرقلتِ الهجوم الحالي، وشتَّتَ جماعتي.

عليم:

- هل يعرفون أين هي؟ ومَن يحملها؟

جام:

- بالتأكيد بسرعة كبيرة سيمسكون بحاملها، ومِن المحظور قتْله أيضًا؛ إذ إنهم لو قتلوه ستدخل المسارات في مسار واحد إلى الأبد، وهذا سيعدم وجود الحياة لأي كائن مَن كان

عليم:

- لم أعتقد أنَّ الأمر بهذا التعقيد.

جام:

- هل فكرتَ بالأمر؟

عليم:

- بشأن دمي؟ نعم لكِ هذا، على الأقل لم تكوني مخادعة مثل خافيير.

جام:

- أحضِروه بالقرب يا فتيات.

تضحية

وفي هذه الأثناء يتناوب كلٌّ مِن قاميلر وأرما لحراسة النائمين في النزل.

قاميلر:

- أرما الأصوات قريبة من هنا، لمَ يصرخون بهذا الشكل؟!

أرما:

- فعلًا قريب جدًا، أخشى أنهم يستعدون لهجمة أخرى، تباً لهذه المخلوقات، لا تخطئنا أبداً!

قاميلر:

- أمامنا لحظات قبل أن تظهر في أعداد متضاعفة، لننصب لها فخاً يعيق تقدمها، اتبعني، لدي خطة.

وينزل قاميلر نحو القبو المليء بالزلاجات، ويتوجه نحو براميل مرصوصة فوق بعض:

- سننقل هذه البراميل إلى الساحة أمام النزل، ونقوم بدفنها، ونضع إشارات؛ كي نحدد في أي اتجاه نطلق البنادق، مِن المؤسف أنني لا أملك منها الكثير، ولكن ستمهلنا بعض الوقت.

أرما:

- أرى أن نوقظ مَن في النزل، وندعهم يتحركون، ونعمل معًا على إنجاح الفخ بإحكام.

قاميلر:

- ماذا لو سبقتْنا تلك المخلوقات إليهم ثم أتت إلى هنا؟

أرما:

- سحقًا لتلك الكائنات، لا يمكن التنبُّؤ بتحركاتهم.

قاميلر:

- كل حرب تنجو فيها تزيد من فرصتك لسحق العدو.

أكمَلا تنفيذ الخطة بنقل البراميل إلى الساحة.

ومِن النافذة العليا يشاهدهما إنويت، وهو يتحدث إلى ساجو:

- انظري.. ما الذي يفعلانه بهذه البراميل؟

ساجو:

- لا أعرف، سأنزل للمساعدة.

إنويت:

- سأرافقكِ.

ساجو:

- لا تُصدِر صوتًا بأقدامك، ألا تعرف كيف تمشي بخفَّة؟!

إنويت وهو يبتسم:

- حجم قدميَّ لا يساعداني، أنا آسف.

وبعد أن فرغا مِن آخر برميل قال قاميلر:

- تبقى الإشارات، واحدة للبرميل هنا، وضَعْ أنت على الآخرين في الطرف البعيد.

أرما:

- حسنًا.

ثم يتقدَّم ليضع الإشارة الأخيرة، وتحط جماعة الجوجام أقدامها على الأرض وتقترب نحوهما.

يصرخ قاميلر:

- ارمِها، وتراجعْ إلى الخلف، اهرب مع البقية، سأحاول إبطاءَهم.

أرما يتراجع نحو الباب، ويصطدم بابنته ساجو:

- اهربي مع إنويت، سأتكفل أنا بالبقية، هيًّا بسرعة.

إنويت:

- سيلحقون بنا إذا فررنا على أقدامنا، لنأخذ الزلاجات، ونعتمد على المنحدرات في تحريكها بشكل أسرع. ويأخذ بيد ساجو نحو القبو.

أرما يوقظ الجميع، ويخرجون مِن الباب الخلفي للنزل وسط أصوات انفجارات البراميل، ثم يسلِّم أرجم القيادة، ويقرر العودة لإنقاذ قاميلر، ليجده أمام النزل ينزف.

قاميلر:

- ما الذي أتى بك أرما؟ اهرب.

أرما وهو ينحني لمساعدة قاميلر على النهوض:

- لم يعد هناك وقت لذلك.

قاميلر:

- لا أستطيع النهوض، لم أشعر بأنني قريب مِن البراميل حينما رأيتُ تلك الأعين التي خطفتْ روح ابنتي، شعرتُ بالغضب يتفجر في داخلي، ووددتُّ لو يتبدل هذا الجليد إلى نارٍ لا تنطفئ أبدًا كالتي في قلبي حينما سُلِبَتْ قهرًا مِن أمام عيني، ولم أفعل شيئًا.

أرما:

- لا تستسلم، وانهض معي إلى الداخل.

قاميلر:

- كلا، اذهب.. إنهم يعودون إلى الحياة.. اهرب.

أرما وهو ينظر إلى الجوجام الذي بدأ يعود إلى الحياة شيئًا فشيئًا:

- بل ستذهب معي. ويحاول رفع قاميلر الذي بدأ يلفظ أنفاسه الأخيرة بين يديه.

يتقدم الجوجام حتى يقترب مِن أرما:

صاحب هومك البأس، أحرقوه حتى يعي أننا لا نُصَدُّ بأي طريقة كانت.

يقاد أرما إلى النار التي لا زالت تشتعل جراء انفجار البراميل، ويُقذَف داخلها حيًّا وسط صرخاته، حتى يختفي صوته تدريجيًّا.

الجوجام تقدموا نحو الأمام:

- سنهزمهم شرَّ هزيمة.

آخر خيط

تصل برير ورجالها إلى مصدر الصوت لتجد عملاقًا بلون داكن جدًّا ملقًى على الأرض، وجسده ممزق، فتشير إلى رجالها بالتأكد إن كان على قيد الحياة أم لا.

الرجل:

- إنه ميت.

برير:

- توقعتُ ذلك، فتلك الصرخة تعني أنه هوجم بشراسة مِن الجماعات، ولكن وجوده هنا يعني أننا نقترب مِن الشخص الذي يحمل مفتاح مسارات الأرض، وهو طريقنا الوحيد للنجاة مِن قبضتهم.

الرجل:

- وإلى أين تؤدي تلك المسارات؟

برير:

- الأمر بالغ في التعقيد، فكر في الوصول للشخص الذي بحوزته المفتاح، هو فرصتنا الوحيدة.

الرجل:

- ماذا نفعل بأمر هذا العملاق؟

ترفع برير قلادتها، وتنفخ فيها لتصدر صوت صفير، ثم تأتي الذئاب وهي تعوي، وتقترب منها.

بربر:

- الذئاب تملك حاسة قوية في التقاط الروائح على مسافات ممتدة.

تقترب الذئاب مِن العملاق، وتحاوطه مِن جميع الجهات، وتشتمُّ رائحته، ثم تنطلق بسرعة.

بربر وهي تضرب السوط عاليًا لتوجه الزلاجات:

- الحقوا بها، هيَّا.

وبعد مرور الوقت وصلتِ الذئاب إلى وادي الجبلين مِن الخلف، وتوقفتْ عند الفوهة.

بربر لأحد رجالها:

- ابقَ أنت بالخارج برفقة الذئاب، ربما نحتاج إليك لاحقًا.

يأتي شخص، ويقترب منهم، ويلقي التحية.

دكلان:

- لا أنصحكم بالدخول، هذه مغارة المخلوقات الغريبة، أراقبها عن كثب منذ أيام.

بربر:

- مَن أنت؟

دكلان:

- عالم الأبحاث دكلان.

بربر:

- ولمَ تعرِّض حياتك للخطر بالوقوف وحدَك هنا؟

دكلان:

- في الحقيقة أنا جئت لإنقاذ صديق لي محتجز داخل مغارتهم، وهم على أي حال لا يستطيعون رؤيتي.

برير وهي تضحك:

- قد يكون العالِم مِن فرط ذكائه مجنونًا حقًّا.

دكلان:

- سأقبل بها كمديح، وما الذي يدفع بشابة مثلك للمغامرة؟

برير:

- لأمرٍ لا أعتقد أنه يعنيك.

دكلان وعلامات الاستنكار على وجهه:

- أوه.. حقًّا.. ابتعدي عن طريقي، أصبحت تعين العواقب وهذا كافٍ بالنسبة لي.

ويهمُّ بالدخول.

برير:

- توقَّفْ.. صاحبك محتجز وحده في الداخل، صحيح؟

دكلان يلتفت نحو برير:

- أعتقد ذلك.. تلك المخلوقات تبقيه حيًّا لسبب أجهله.

برير وقد ارتسمتْ على وجهها ابتسامة عريضة:

- أعرف لمَ تبقيه حيًّا تلك المسوخ البائسة.

دكلان يقترب مِن برير، ويسأل باستغراب:

- ولمَ؟

برير:

- اتبعني، لن ندخل، وفجأة يسمعون أصوات صراخ قادمة مِن الكهف يتراجعون مسرعين خلف الجبل، وإذا بأسراب الجوجام تخرج بسرعة، وتتجه نحو منطقة الشجيرات حتى اختفى أثرهم.

برير:

- ما هنالك؟

دكلان:

- تصطاد فرائسها.

برير إلى أحد رجالها:

- خذ الذئاب، وتوجَّه إلى الكهف، وأطلِقْ صافرة إذا كان هناك هجوم يقصدنا، وإذا لم يكن لا تطلق شيئًا، واتبع الخطة الأخرى بسرعة.

الرجل:

- حسنًا.

دكلان:

- فرصتي سأذهب وحدي لتخليص هومك، ابقي مكانك، لا تتحركي.

برير تبتسم:

- لا زلتُ لا أصدقك في خدعة التخفي، ولكن سنرى، أتمنَّى ألا أسمع صرخات استنجادك مِن الداخل.

دكلان يرد عليها بابتسامة:

- غريبة أطوار فعلًا.

برير:

- التشابه يقودنا دومًا للقاء، هيًّا اذهب الآن.

توجَّهَ دكلان إلى داخل الكهف الذي كان يقوده إلى الأسفل، وليس ككل الكهوف يبدو فيها الطريق مستقيمًا، إلى أن وصل إلى مكان فيه نهر، وأمامه بوابة كبيرة يقف فيها جوجام واحد، ومعه هومك، لم يكن مقيَّد اليدين، ويبدو طبيعيًّا ينظر نحو النهر شارد الذهن.

دكلان في نفسه: أعرف هذا المكان، إنه يشبه إلى حدٍّ كبير المكان الذي علقنا فيه أنا وفرقتي، أكان نهاية الطريق للممرات المتشابهة؟ حينما خرجت لم أر تلك البوابة الضخمة.

يرفع يده في محاولة منه للفت انتباه هومك والأخير بدوره يتفطن لوجوده ويكمل في شرود الذهن متعمداً تظليل الجوجام الواقف خلفه، ثم يلتفت نحوه سائلًا إياه:

- إلى متى نبقى هنا؟

قائدهم:

- شرحت لك سلفاً ما عليك القيام به، ارم القلادة اللعينة في النهر.

هومك:

- وثمن القلادة تركي حيًا ومن معي، عليك الوفاء بوعدك يا جوجام.

قائدهم:

- صافي الذهن الليلة أيها العجوز، لا تقلق، عليك الأمان.

هومك:

- هناك أمر يثير استغرابي، لماذا هناك شعلتان مِن نار إلى جانب البوابة؟ ألا يؤذيكم رؤية الخطر الوحيد الذي يعرقلكم دائمًا؟

قائدهم:

- حتى نجد له حلًّا مستقبلًا، ولا تعود له فائدة.

هومك:

- مذهل! تتحدَّوْنَ البشر في ذكائكم.

قائدهم يضحك:

- بل نسحقهم بمراحل عدة. وإذا به يحترق ويصرخ.

دكلان:

- عبقري أيها القائد، هيًا سيعود البائس للحياة قريبًا.

هومك:

- هيَّا اركض بكل قوتك، لقد وجدتُّ نقطة الخلاص الوحيدة، سمعتُ كل شيء بالأمس منهم خلسة.

ثم يخرجون بسرعة لملاقاة برير في انتظارهم مع المزلاج، يركبون على عجالة، وتنطلق برير إلى العملاق:

- أيما كنت أيها الرجل، ما دمت تحملها نحن نعتمد عليك.

هومك:

- كيف عرفتِ ذلك؟

برير:

- إنها قصة طويلة، ستكون جماعتي في انتظارنا.

دكلان:

- ماذا؟ هل أطلقوا الصافرة؟ ما الذي يحدث هنا؟

برير:

- العالم لا يعترف بالأسرار، أما أنا فلا أرمي بكل أوراقي أمام غريب التقيته للتو.

دكلان:

- عذراً لا أفهمك.

برير:

- المهم هو أن تنجو أيها العالِم، لا أن تفهم.

ثم يتوجهون نحو العملاق الملقَى على الجليد.

الخلفاء القدامى

خافيير وهو ينظر نحو الجهاز الذي بدأ يطلق أصواتًا متتابعة، وينادي ستيف:

- هيًّا، هذه فرصتنا الوحيدة للنجاة، أنا آسف، لقد حاولتُ جاهدًا إبقاء الجميع حتى تحين هذه اللحظة، لكن كما ترى لا تستطيع أن تفرض على بشر أن يبقى على قيد الحياة رغمًا عنه؛ آمل أن يكونوا بخير.

ستيف:

- زال الخطر تمامًا؟

خافيير:

- إنهم مشغولون الآن بشيء أهم مِن حياتنا.

وبعد أن تجاوزا نصف المسافة متَّجهين خلف أحد جبال الوادي قال ستيف:

- هل تمانع لو سألتُ عن المكان الذي كنا نختبئ فيه؟

خافيير يلتفت نحوه:

- ما باله؟

ستيف:

- مصمَّمٌ بطريقة غريبة، وكأنه يعلم بهجوم تلك الآفات مسبقًا، نعم سمعتُ أنها ليست المرة الأولى، ولكن كانت منذ سنوات عدة.

خافيير:

- إنه حقًّا كذلك، هذا المكان قديم جدًّا، إنه مخبأ منذ الهجوم الأول، يعرفه قلة مِن الناس حسَّنوا في معدَّاته على مرِّ السنوات.

ستيف:

- آها.. هذا يفسِّر وجود أشياء قديمة، ولكن هل تعرف شيئًا عن الهجوم، أقصد لمَ، ومِن أين أتوا؟

خافيير:

- ربما، لكني لستُ متأكدًا ممَّا أعرف، يقال إنهم سكان الأرض قبل أن يستعمر الأرض أجدادنا الأُوَل، وإنهم تعرَّضوا للغزو منَّا، ثم سُحِبوا إلى مسار لا نعلم أين هو، وكيف يبدو، فظلوا فيه يتكاثرون ويعمرون، حتى جاء بهم فضول الإنسان نفسه، ثم عادوا في هجمتين متباعدتين وبقوات مختلفة لإعادة موطنهم الأم، ويقال أيضًا إنهم حينما سحبوا خلقوا مسارًا جديدًا له ميزات مغايرة للطبيعة التي نعرفها، وهذا شيء نجهله تمامًا، إنما هو حديث علماء وكتب قديمة.

ستيف:

- ما هذه الخرافات؟ كيف تكون الأرض موطنًا أصلياً لنشأة هؤلاء الوحوش؟

خافيير:

- لم تكن هذه ماهيتهم الأولى كما جاء في الكتب، بل كانوا أقزامًا ومقاربين لهيئة البشر، ويعملون ليل نهار دون توقف أو ملل، ولم تكن لديهم أخطاء أقرب للآلات، لكن دون أن تتعطل، وأكثر دقة، ولا يموتون، يشيخون نعم، ولكن يُولَدون صغارًا مرة أخرى، وهذا يتضارب مع كثير مِن أقوال أخرى جاءت بعد ذلك.

ستيف:

- وما الذي جعلهم يتبدَّلون هكذا إذن؟

خافيير:

- بعد مهاجمتهم لنا، ودخول المسار الجديد اختلط مسارهم بالمسار الجديد عبر فوهة، سمع البشر نحيبًا لسنة كاملة بعد الهجوم، وقيل إن الفوهة ارتفعتْ حتى بدتْ ظاهرة للبشر، بيد أنها ظلتْ لمدة يوم ثم اختفتْ دون أن تشكِّل خطرًا يُذكَر.

ستيف:

- وكيف عرف البشر بأمر ذلك الاختلاط؟

خافيير:

- صائد الذئاب، إنه شيخ أحد القبائل، يقطن في جهة الكهوف، كَتَبَ في أحد كُتبه أنه استضاف عملاقًا أتى إليه بذئب لا يموت، وألمح إلى أن ذلك العملاق حدَّثه بكثير مِن العلم عن المسارات، ولقي حتفه؛ لأن أحدًا مِن قبيلة صائدي الذئاب لمسه عن طريق الخطأ، هل هذا جنون؟ نعم إنه كذلك، ولكن ذلك الرجل عُرِفَ عنه الصدق والحكمة، فلماذا يكذب؟

ستيف:

- يا لغرابة العقل البشري!

خافيير:

- لقد وصلنا، سنتبع خطوط هذا المزلاج، تبدو حديثة.

ستيف:

- حسَنًا.

وفي هذه الأثناء جام تشير لإحدى الفتيات التي معها أن تأخذ عليم إلى الخارج؛ لأنها تشعر باقتراب الخطر.

تذهب الفتاة إلى عليم:

- هيًّا أيها البشري، أسرِعْ معي.

وتنتشله مِن مكانه، وتحلِّق به خارجًا إلى مكان بين وادي الجبلين، وتدخل حفرة ذات ممرٍّ ترابيّ وتتركه، وقبل أن تتحرك أوقفها عليم:

- اعتقدتُّ أنها ستطلق سراحي.

الفتاة:

- ليس بعد، هي تحتاج إليك أكثر من أي وقت مضى.

عليم:

- تحتاج إليَّ!

الفتاة:

- ستعود إليك بعد أن ننتهي مِن أمر، لا تقلق، وتجاهَلِ الأصوات التي ستسمعها، وابقَ في مكانك، لا تدخل أكثر إلى العمق، هل هذا واضح؟

عليم في تردد:

- نعم نعم.. واضح.

تجتاح الجماعة مقرَّ جام في ثوانٍ معدودة، ويحاوطون بها.

تقدَّم أحدهم إليها:

- هل جُنِنْتِ لتُقْدِمي على خيانة أخيك وجماعتك بهذه الطريقة الخسيسة؟

جام:

- أخي غبي، لا يهمُّه أمركم، وقراراته باتت في الآونة الأخيرة هي التي توقعكم في نفس الأخطاء، ألا ترون هذا بأعينكم أيها الحمقى؟!

جوجام:

- متغطرسة. ويهمُّ ليصفعها بيده الغليظة، ثم يأمر بتقييدها.

جام تقاوم، وتمزق الحبال، وتهاجم الجماعة، ولكنهم تمكَّنوا مِن كبح جماحها بإغراق وجهها بسائل يروِّض كل جوجامي، يفقدون السيطرة عليه.

جوجام:

- سياساتك القذرة لو كانت ذات هدف سامٍ لما كانت تُدار في حفرة تحت باطن الأرض.

جام:

- أنا أختلف عنكم، وأنتم ترفضون أي اختلاف وكأنه جريمة، يُدَان صاحبها ويتهم بالفسوق، كل هذا لعدم امتلاككم شجاعة اتجاه مواقفكم ودحض الباطل بالحق، قطيع أعمى.

جوجام:

- أنتِ تعارضين طريقتنا في الحصول على ما هو لنا، وتعتقدين أننا جناة وأداة قتل، هل سيتركونها مِن أجلنا فقط لمجرد أن نجالسهم في مكان ونخبرهم بذلك؟! ما هذه الأحلام الوردية؟

جام:

- هناك مئات الطرق، لاستعادة ما هو عائد في ملكيته لأجدادكم إلا إذا كانت مجرد إشاعة أخرى ووهماً لا صحة له.

جوجام:

- هذه مجنونة، لا فائدة مِن الحديث، خذوها حيث ساحة الإعدام.

زحفتْ جماعة الجوجام في ساحة خالية مِن الأشجار، يكسوها الجليد، متخذةً شكل الدائرة، يتوسطها أحد القادة، وجام مغطّاة الرأس مقيَّدة، ويقف في كل جانب اثنان يحملان أسلحة غريبة وضخمة.

القائد:

- كما تعرفون أيها الجوجام العظيم أننا نُقصي أي مخلوق بالهجوم كجماعات في صفٍّ موحَّد، ونتفوق عليه، إلا إن بعضنا يصاب بهوس التفرد والخروج عن

المألوف لأسباب عقيمة لا تغتفر، هذه المدعوة جام اتخذتْ لها اسمًا يميزها عن الجماعة، وشذَّتْ مختبئة خلف أهوائها في كهف تحت الأرض، وتعاونتْ مع عدونا الأوحد المغتصب المتعجرف البشري، وكادت تعرقل، بل عرقلتْ تقدمنا بيوم واحد، وهذا قد يكلفنا الكثير؛ لذلك سنعاقبها بالحرق والموت ستين مرة؛ حتى تعود إلى خواصِّها الأولية، وتعود كما كانت مِن غير شوائبها الغريبة المكتسبة مؤخرًا.

ثم يرفع يده لتنفيذ الحكم وسط هتافات الجماعة مؤيدةً بحماس.

يُنزَع الغطاء مِن وجه جام، وتنظر إلى القائد وهي تبتسم:

- أنا وحدي – وبالرغم مِن احتقارك لي – مَن صَنَعَ الفارق.

وتنفث النار مِن الأسلحة الغريبة، بلهب متأجج وسط صرخات جام المتتالية، وهي تموت مرة بعد مرة، ويُسمَع صوتها في مكان آخر تحت في قبو النزل.

إنويت:

- لا بأس يا ساجو، سينتهي هذا قريبًا.

ساجو وهي تغلق أذنيها بقوة:

- لم أعد أحتمل سماع ذلك الصوت.

إنويت:

- اقتربي، أريد أن أريكِ شيئًا. ويمسك بيديها، ويتوجه بالقرب مِن باب القبو نحو عدسة ملاصقة لأنبوب طويل يخرج مِن النزل، ويقول: أريدكِ أن تنظري إلى داخل هذه العدسة.

تقترب ساجو بحذر، ثم تنظر:

- إنها تطلُّ على ساحة النزل الأمامية، ولكن لا أستطيع رؤية كل شيء بوضوح.

إنويت:

- متفاءل بشأن الهروب من هنا بمساعدة هذه العدسة.

ساجو:

- هذه المخلوقات تظهر فجأة، لن يفيدنا مراقبة المكان، أو التأكد مِن خلوِّه منهم.

إنويت وهو يجلس على الأرض:

- صحيح.. لم أفكر بهذه الطريقة.

ساجو:

- إنويت، أودُّ الاختباء فقط، لا أفكر في التحرك نحو مصير مجهول، الخوف تمكن مني، تغلغل إلى أعماقي، أرجوك، حاول أن تنصت لصوت نبضاتي المتقافزة بسرعة جنونية داخل صدري.

إنويت ينهض ليقترب منها:

- لا بأس.. سامحيني أرجوكِ، لو أردتِ أن نبقى الدهر كله سأظل لجانبك لن أتزحزح من هاهنا.

ساجو تضع رأسها على صدر إنويت:

- آمل أن ينتهي هذا؛ لأرى أمي وأبي، وتعود الأيام إلى سابق عهدها.

إنويت:

- ارتاحي قليلًا، كثرة التفكير ترهقك، لا عليك، أنت في أمان الآن.

ساجو تغمض عينيها.

شائك

يتطاير الثلج مِن جانب العملاق الذي تغيَّر اتجاه يده، وارتفع قليلا عن مستوى الأرض، مشيراً نحو الجنوب، تتوقف الزلاجات، وتنزل منها برير لتجد جماعتها في انتظار أوامرها.

هومك وهو يحدِّق لتلك التي تقف مع جماعة برير، ثم يقترب منها، وينادي:

- مالكا مالكا. ويعانقها بشدة قائلًا: أخبريني أن الجميع بخير أرجوكِ.

مالكا ترفع نظرها نحوه حتى تتيقن مِن أنه قائدها العجوز، ثم تنفجر باكية:

- لا أدري.. حقًا لا أدري، افترقنا في وقت مبكر، ابنتي تائهة في مكان ما، لكن كيجا فارق الحياة وهو يحاول مساعدتي، تمكَّنوا منه.

ثم تشيح بنظرها عن هومك لتنظر خلفه قائلة: أين أرما؟

هومك:

- أرسلته برفقة رجل يدعى قاميلر، الأحداث متلاحقة، كل شيء بدا على وشك النهاية.

برير وهي تشير إلى الجنوب:

- إلى هنا قف على بعد أميال، وستتمكن مِن فتْح بوابة المسارات.

مالكا بصوت مهزوز:

- ولكن ماذا عن البقية؟ هل سنتركهم للموت؟

برير:
- إذا لم يكونوا هنا فأخشى أن الموت سبقنا إليهم، نحن لا زلنا نجهل ماذا سيحدث بالتحديد عند فتح المسارات، كونوا على استعداد.

مالكا:
- أرجوكَ يا هومك، ليس مِن عادتنا التخلّي عن قومنا ببساطة.

ريتشي تسبق هومك، وتقطع حديثه:
- إن لم يرد أحد منكم العودة سأذهب أنا مع مالكا لإيجاد أخي أيضًا، لن أتركه خلفي.

زيكاي يمسك بريتشي مِن الخلف:
- وليام ليس هناك.

ريتشي تلتفت في حنق نحو زيكاي:
- ماذا!! ليس هناك؟

زيكاي:
- لقد فقدنا وليام.

ريتشي بكلتا قبضتيها، تضرب زيكاي على صدره:
- لقد قتلتَه، لن أسامحك، كل شيء كان بسببك أنت وقومك الأغبياء؛ إن لم تسرقوا منا الحمولة لما توقفنا في نصف الطريق.

دكلان يصرخ فيهم:
- السرب قادم، هيا يا هومك ارفع القلادة.

ينظر الجميع إلى الخلف، حيث أسراب الجوجام تنتشر في الأرجاء يتقدمهم قائدهم، بين يديه طفل:

- إياك أن تفعل شيئًا يا هومك، وإلا قتلتُ هذا الطفل ومَن معه، أليس مِن قومك هؤلاء؟ انظر إليهم جيدًا.

تعرَّفَ هومك على قافيك وأمه والعمة خيتا، وبصحبتهم رجل، ثم صرخ بأعلى صوته:

- تأخَّرت قليلاً، يا للعار! أيها الأحمق.

ويرفع يده نحو السماء، فيسمع صوت دوي مرعب، وتُفتَح فجوة في السماء مع وميض قوي اكتسح المكان وسط صرخات اختلطتْ بين البشر والجوجام، فسُحِب هومك وحده، وسقط مغشيًّا عليه، وسُحِبت معه جماعات الجوجام إلى المسار الجديد.

وبعد لحظات فتح هومك عينيه وهو يرى منظرًا مرعبًا أمامه يحدث، كان كل شيء في هذا المكان الغريب يهاجم الجماعات، ويمزقها إربًا حتى قضوا عليها.

حاول هومك أن يستجمع قوته وينهض، ولكنه لمْ يقوَ على الحركة، فبقي مستلقيًا، فاقترب منه عملاق:

- هل أنتَ بخير؟ لا أستطيع لمسك للتأكد مِن ذلك، اعذرني.

هومك:

- هل أنت هو؟

العملاق:

- نعم هو ذاته، لقد أنقذتَني بالفعل، بل أنقذتَ عالمنا.

هومك:

- عالمنا! ما الذي تقصده؟ أين أنا؟ أين البقية؟

العملاق:

- أنت الآن في المسار الثالث الذي يسمَّى بالناشئ الجديد، ولقد أوجدتْه تلك الجماعات الغبية أثناء محاولتها للسيطرة على المسار الأول التي تزعم أنه موطنها

الأصلي، ولكن خواصه شاذة على كلا المسارين، إنْ لمس أيٌّ مِن سكان المسارين أيًّا منَّا أو أي شيء تراه في أرضنا فستتحول لوحش قد يرديك في ثوانٍ؛ لذلك احترس، لا تلمس أي شيء تقع عليه عيناك هنا، بما في ذلك قَوْمي.

هومك:

- ما الذي أسمعه، اعتقدتُّ أنني سأعود بعد دقائق، على الأقل هذا ما استطعتُ فهمه.

العملاق:

- هذا ليس صحيحًا، أنت ستبقى هنا مائة عام حتى تعاود الكَرَّة، وتفتح المسار مرة أخرى.

هومك:

- مائة عام! لمْ أعتقد أنني سأموت في أرضٍ غريبة دون أن يحزن لموتي أحد.

العملاق:

- تموت! ويضحك بصوت مرتفع: لا.. لن تموت، ولن تشيخ، ستعود كما كنتَ تمامًا إليهم، أعنى ليس إليهم بالتحديد، ولكن لعالمك.

هومك يغلق عينيه:

- لِمَ أعود إذن إن لم يكن إليهم؟

المسار الأول

بدأ الجميع يستيقظون، وينظرون حولهم لتفقُّد أحوال بعض.

برير:

- اختفى السرب، إن الذئاب تعوي فرحًا.

مالكا:

- هناك شيء قادم نحونا.

وبعد لحظات تتَّضح الرؤيا، فيهتف خافيير:

- لقد شاهدنا الجماعات تُسحَب وتختفي، إنها حقيقة حقيقية، لقد نجونا!

ويعانق ستيف الذي بقي صامتًا يراقب المشهد.

دكلان يبتسم:

- ها قد بدأنا للتوّ.

وبعد سنوات.. وفي النزل الذي توسَّع، وأصبح نزلًا كبيرًا جدًّا. مالكا وهي ترمي الأخشاب في المدفأة، وإلى جانبها حفيداها.. أرما الصغير، وأرنم:

- لن يكون هذا الشتاء قاسيًا، أليس كذلك يا ريتشي؟

ريتشي وهي تحيك الجلود:

- إن ارتديا ما نصنعه مِن أجلهما.. نعم هذان الشَّقِيَّان.

وفي الخارج إنويت يقطع الأخشاب برفقة دكلان وستيف، وخافيير يجلس إلى جانب ساجو التي وجَّهتْ إليه سؤالًا تبادر إلى ذهنها للتَّوّ:
- يا ترى ما الذي حدث لهومك في ذلك اليوم؟